INES THORN

Ein Stern über SYLT

rütten & loening

INES THORN wurde 1964 in Leipzig geboren. Nach einer Lehre als Buchhändlerin studierte sie Germanistik, Slawistik und Kulturphilosophie. Sie lebt und arbeitet in Frankfurt am Main. Zuletzt erschienen ihre Romane »Das Mädchen mit den Teufelsaugen«, »Teufelsmond« und »Wolgatöchter«.

Bei Rütten & Loening erschien zuletzt ihr Roman »Die Walfängerin«.

Mehr Informationen zur Autorin unter www.inesthorn.de.

INES THORN

Ein Stern über SYLT

Ein Weihnachtsroman

rütten & loening

MIX
Papier aus verantwortungsvollen Quellen
FSC® C083411

ISBN 978-3-352-00891-7

Rütten & Loening ist eine Marke der
Aufbau Verlag GmbH & Co. KG

1. Auflage 2016

Einbandgestaltung www.buerosued.de, München
unter Verwendung von Motiven von © Ed Freeman/Getty Images
und © www.buerosued.de
Innentypografie Julia Koslowski, Berlin
Gesetzt aus der Goudy Old Style durch Greiner & Reichel, Köln
Druck und Binden CPI books GmbH, Leck, Germany
Printed in Germany

www.aufbau-verlag.de

1. Kapitel

Es war manchmal so, als würde eine unsichtbare Wand Thiemo von seinen Freunden trennen. Gerade jetzt wieder. Johannes hob die Hand und fragte die anderen: »Kennt ihr den? – Der Strand auf Sylt ist jedes Mal überlaufener. – Ja. Schrecklich. Diesmal mussten wir uns schon mit einer Reihensandburg zufrieden geben.«

Die anderen – Maja und Marten, Annabelle und Victoria – lachten. Thiemo stand mitten unter ihnen, sah in die fröhlich geröteten Gesichter, doch den Witz fand er nicht lustig, und, wenn er ehrlich war, wäre er lieber woanders gewesen als ausgerechnet hier in der rappelvollen Keitumer Teestube.

Es hatte den ganzen Tag über geregnet. Ein feiner, spitzer Nieselregen, den man kaum sah, der einen aber doch bis auf die Haut durchnässte. Über der Insel hatten den ganzen Tag Nebelschwaden gehangen, die im leichten Wind wie schwere Bettdecken hin und her wogten und alle Farben aufsaugten, so dass die Insel ihr graues Gesicht zeigte und selbst das Meer wie stumpf gewordenes Silber aussah. Jetzt, am Abend, ging der Nieselregen in Schnee über. Und mit einem Mal wirkte die Insel wie der Ort aus einem Märchenbuch. Die Reetdächer der Friesenhäuser färbten sich weiß, das gemütliche Licht aus den Fenstern warf goldene Schatten auf die leicht verschneiten Vorgärten. Auch die Geräusche waren gedämpft, und Thiemo hatte den Eindruck, dass er sich zum ersten Mal an diesem Tag selbst hören konnte, hier im Garten der Keitumer Teestube vor einer Holzhütte, in der Glühwein ausgeschenkt wurde. Die Lichterketten verbreiteten ein festliches Licht, unter dem es sich schwer lärmen ließ. Sein Blick hing an Victoria, der schönen Victoria, Star der gesamten Bremer Jacobs-Universität. Victoria war wirklich schön. Schön auf den ersten Blick mit ihrem langen Blondhaar, den blauen Augen mit den rabenschwarz getuschten Wimpern, dem leichten Rougeschatten auf den Wangen und dem breiten Mund, der so herrlich lachen konnte. Oder – wie jetzt – in einem trotzigen Bogen nach unten zeigte.

»Dieser grüne Kaschmirpullover ist einfach ein Traum. Ich glaube, ich sterbe, wenn ich ihn nicht bekomme«, sagte sie und schaute dabei in seine Richtung, während ihre Hand auf dem Arm von Johannes lag. Sie waren am Vormittag bummeln gewesen. Ausgerechnet in Kampen auf der Whiskymeile. Sie waren Hand in Hand an Boutiquen und Bars entlanggeschlendert. Nur sie beide, Thiemo und Victoria. Und alles war so schön gewesen. Victoria hatte das Grelle und Laute abgelegt, das sie so oft hatte, wenn die anderen dabei waren. Mit ihm war sie leiser und irgendwie glänzender. So zumindest kam es Thiemo vor. Victoria, das sagten alle, hatte viel Glamour. Sie trug stets die neuesten Klamotten, hatte das coolste Smartphone und die trendigste Frisur. Sie verstand es ausgezeichnet, sich in Szene zu setzen; sie war der Mittelpunkt aller Partys, und selbst hier, in Kampen, drehten sich nicht nur die Männer nach ihr um. Thiemo wusste nicht genau, wieso, aber er mochte Victoria sehr viel lieber, wenn sie allein waren. So wie heute Vormittag auf dem Strönwai. Der Nieselregen war ihm wie Kristallschnüre vorgekommen, der Wind wie ein Streicheln. Doch dann hatte Victoria diesen Kaschmirpullover im Schaufenster einer dieser übertriebenen Boutiquen entdeckt.

»Sonderangebot!«, stand auf einem großen Schild dabei. »Statt 1999 EUR nur 999 EUR.« Thiemo hatte nicht gewusst, dass man so unfassbar viel Geld für einen Pullover bezahlen konnte, aber in Kampen auf Sylt war das noch nicht einmal ungewöhnlich. Er hatte gelacht, hatte sich nicht vorstellen können, dass irgendjemand 999 Euro für einen Pullover ausgeben würde. Das war ja der halbe Monatsverdienst seiner Mutter, die als Krankenschwester arbeitete. Victoria war wütend geworden über sein Gelächter. »Ja, ich weiß schon«, hatte sie ihn mit blitzenden Augen angezischt. »Für dich ist so etwas dekadent. Aber für mich ist Luxus einfach wichtig. Ich liebe es, gutgekleidet zu sein.« Sie hatte ihn einfach stehen gelassen. Sogleich waren aus den Kristallschnüren spitze Tropfen geworden, und das Laute der Whiskeymeile hatte alles übertönt, sogar Thiemos Gedanken. Er hatte Victoria hinterher gesehen, hoffend, dass sie einen Witz gemacht hatte. Wieder einmal einen Witz, den er nicht verstand. Aber jetzt war es genug. Jetzt müsste sie sich zu ihm umdrehen, mit einem Lachen und ausgebreiteten Armen ihm entgegenstürzen. Doch das tat sie nicht. Sie ging einfach weiter, und die Absätze ihrer Stiefel klackerten empört über das Pflaster. Nun endlich begriff Thiemo, dass sie ihre Worte ernst gemeint hatte. Er wusste ja, wie launisch Victoria sein konnte. Deshalb zuckte er mit den Achseln und begab sich weg von der lauten Straße hinunter zum Meer, das eigentlich noch schlimmer lärmte, seine krachenden Brecher mit unglaublichem Getöse an den Strand warf, aber seinen Ohren doch Erholung schenkte. Er war gern am Meer. Und er war gern allein. Beides unterschied ihn von Victoria, die es keine Minute ohne Gesellschaft aushielt und das Meer bedrohlich fand. Und vielleicht war es deshalb sogar gut, dass sie nun weg war. Weg. Bei den anderen.

Thiemo blieb lange am Strand. Es störte ihn nicht, dass die Gischt ihm einen Salzschleier auf das Gesicht und die Haare legte. Es störte ihn nicht, dass der Wind in seine Ohren biss, und es störte ihn auch nicht, sich klein und unbedeutend vor der gewaltigen See zu fühlen. Er bückte sich und griff in den kalten, feuchten Sand. Er zerkrümelte ihn zwischen den Fingern, holte dann ein Reagenzglas aus seiner Tasche und gab etwas von dem Sand hinein. Er hatte nicht bemerkt, dass Johannes zu ihm gekommen war. Plötzlich stand er hinter ihm, den Schal zweifach um den Hals geschlungen, die Hände in den Taschen seines glänzenden Anoraks.

»Was machst du da?«, fragte Johannes.

»Ich nehme Bodenproben«, erwiderte Thiemo. »Für meine Abschlussarbeit. Ich hatte dir davon kurz erzählt.«

»Ja. Die Sandabtragsgeschichte.« Johannes nickte

und blickte auf das Meer hinaus, als wollte er die Schaumkronen zählen.

»Warum bist du nicht bei den anderen?«, wollte Thiemo wissen.

»Ich weiß es nicht. Vielleicht war mir einfach danach, zur Abwechslung etwas Sinnvolles zu tun. Falls man Spaziergänge am Strand als etwas Sinnvolles bezeichnen kann.« Er hockte sich neben Thiemo. »Manchmal beneide ich dich, weißt du das?«

»Mich? Warum denn? Ich habe nichts, was man beneiden kann.«

»Du hast ein Ziel. Und du hast Träume.«

»Du nicht?«

Johannes schüttelte den Kopf. »Es gibt nur Erwartungen, die ich erfüllen muss.«

Thiemo wusste nicht, was er sagen sollte, deshalb machte er eine Handbewegung, die die ganze Insel umschloss. »Jedes Jahr werden auf Sylt rund eine Million Kubikmeter Sand fortgespült. Die Insel wird immer kleiner.«

»Steht in jedem Heimatführer«, antwortete Johannes. »Und die Sandaufspülungen kriegen wir ja selbst mit. Überall Bagger und Lärm statt Strand und Ruhe.« Er lachte matt. »Sagt jedenfalls mein Vater. In den Griff bekommt man die Sache aber deshalb noch lange nicht.«

»Sagt auch dein Vater«, stellte Thiemo fest.

Johannes lachte. »Ja. Genauso ist es.«

»Ich würde gern etwas erfinden, was die Sandfortspülungen aufhält«, sagte Thiemo leise. »Ich würde gern dafür sorgen, dass die Insel nicht mehr kleiner wird.«

Johannes erhob sich. »Siehst du, das meine ich mit Traum. Oder Ziel. Du wirst das schaffen, da bin ich sicher. So und jetzt zurück zu den anderen. Kommst du auch?«

»Vielleicht später.«

»Victoria wird auf dich warten«, fügte Johannes hinzu.

»Nicht, wenn du da bist«, entgegnete Thiemo.

Die beiden jungen Männer lächelten kurz, dann hob Johannes die Hand und ging über den Strand zurück in die kleine Stadt.

Hier draußen, am nassen Strand hockend und das Gesicht von der Gischt ganz feucht, fühlte Thiemo sich wohl. Er fühlte sich mit sich und der Welt im Einklang. Er brauchte keinen Kaschmirpullover für beinahe tausend Euro wie Victoria. Er brauchte überhaupt sehr wenig. Nur ziemlich viel Ruhe und vielleicht einen Menschen, der ihn voll und ganz verstand. Bei dem er sich zu Hause fühlen konnte. Angenommen. Geschätzt. Victoria hatte ihn angenommen, zumindest hatte er hin und wieder den Eindruck. Aber so, wie man ein Hündchen aus dem Tierheim annimmt, das man notfalls zurückgeben kann, wenn man seiner überdrüssig wird. Victoria! Ach, wenn er sie doch verstehen würde! Wenn er doch immer wüsste, was sie gerade meinte. Wenn er doch sicher sein könnte, dass sie keinen solchen blöden Pullover brauchte und ihn vorhin nur an der Nase herumgeführt hatte.

Erst am Nachmittag, im Garten der Keitumer Teestube, waren sie wieder aufeinandergetroffen. Und noch immer hatte Victoria nichts anderes als diesen blöden Pullover im Kopf.

»Du hast doch bestimmt schon ein halbes Dutzend Kaschmirpullover«, erklärte Thiemo, des Themas allmählich überdrüssig. »Warum brauchst du unbedingt noch einen weiteren? Ich kann dich doch wärmen.«

Die anderen lachten. Thiemo kam sich dumm vor, aber er verstand wirklich nicht, warum Victoria noch einen Pullover brauchte.

»Du hast doch mich. Ich kann dich wärmen«, wiederholte er leise. Er meinte, was er sagte, während die anderen seine Worte für einen Witz hielten. Wenn man liebt, hatte er immer gedacht, dachte er noch heute, dann hat man keine anderen Bedürfnisse, als dem oder der Geliebten nahe zu sein. Dann kannte man weder Hunger noch Durst, noch brauchte man einen Pullover. Vor allem dann nicht, wenn der Mantel des Liebsten Platz bot für zwei. Aber Victoria war ja nicht seine Geliebte. Er wusste eigentlich gar nicht, was sie für ihn war. Manchmal berührte sie ihn und küsste ihn gar, und dann glaubte er, sie wäre seine Freundin. Und dann, so wie jetzt, hängte sie sich bei Johannes ein, warf ihm verliebte Blicke zu, und Thiemo war sich sicher, dass sie Johannes' Freundin war.

Als er noch auf der Insel gewohnt hatte, hatte es eine alte Frau gegeben, die manchmal auf ihn aufgepasst hatte. Sie hatte ihm Geschichten erzählt, Märchen und Sagen oder einfach nur Lebensweisheiten. Wie sie aussah, wusste er heute nicht mehr, und ihren Namen hatte er auch vergessen. Doch nicht ihre Geschichten. Und an ihre Worte konnte er sich ebenfalls noch gut erinnern: »Liebe macht satt«, hatte sie immer gesagt. »Liebe macht wunschlos, weil sie alles enthält, was du dir je gewünscht hast. Wenn du einen Menschen triffst und keinen anderen Wunsch mehr hast, als mit ihm zusammen zu sein, dann weißt du, dass es Liebe ist.«

Ob er Victoria liebte, wusste er nicht genau, denn

es gab da noch ein paar Wünsche, die er auch in Victorias Gegenwart nicht vergessen konnte. Aber die Zeiten hatten sich geändert. Und wahrscheinlich auch die Liebe. Wenn er sich denn sicher sein könnte, dass Victoria ihn liebte, dann – so sagte er sich – wüsste er auch sicher, ob er sie liebte. Aber dieses ewige Hin und Her verwirrte ihn ganz und gar, so dass er manchmal einfach nicht wusste, was er von Victoria halten sollte.

Thiemo hätte Victoria zu gern gefragt, warum er sie nicht wunschlos machte, aber er sah ein, dass diese Frage im Kreise der Freunde am Keitumer Glühweinstand unpassend war. Außerdem kannte er die Antwort. Victoria schien trotzdem seine Gedanken lesen zu können. »Ich liebe dich, ich liebe euch alle hier«, sprach sie. »Aber in diesem grünen Pullover könnte ich mich selbst auch lieben.«

»Oh, wie philosophisch!«, rief Johannes aus und stieß mit seinem Glühweinbecher gegen den Becher von Victoria.

Die anderen lachten wieder, und Thiemo verstand wieder einmal nicht, warum. Wie konnte ein Pullover dafür sorgen, dass man sich selbst liebte? Aber er hatte keine Gelegenheit, über diesen seltsamen Satz nachzudenken, denn Victoria zog einen Schmollmund, fixierte nacheinander Johannes und Thiemo und erklärte: »Ich wünsche mir so sehr diesen Pullover. Wer ihn mir schenkt, ist dabei ganz egal.«

Johannes lachte. »Ich bewundere immer wieder deinen Egoismus«, sagte er. »Du würdest für diesen Pullover sogar deine Freunde verkaufen, oder?«

Victoria zuckte mit den Schultern. »Was soll ich machen? Dieses Grün ist einfach himmlisch. Der ganze Pullover ist einfach wundervoll. Und er passt so gut zu Weihnachten. Ich könnte ihn am Heiligen Abend tragen.« Sie machte eine Pause, lächelte nacheinander erst Thiemo und dann Johannes an und fügte hinzu: »Ich kann nur demjenigen mein Herz schenken, der mir auch zeigt, dass ich ihm etwas bedeute.«

Diesmal lachte Thiemo und stellte erschrocken fest, dass die anderen nicht in sein Gelächter einstimmten. Johannes zog Victoria sogar ein wenig an sich und küsste sie auf das Haar. So, als bräuchte sie Trost. Und Victoria blickte zu Johannes auf, und eine Schneeflocke schmolz unter ihrem linken Auge und rollte tränengleich ihre Wange hinab. Die Szene erinnerte Thiemo an einen der Filme, die seine Mutter so gern am Sonntagabend schaute, und mit einem Schlag wurde ihm klar, dass Victoria es ernst meinte. Wenn er ihr den Pullover nicht schenkte, würde Johannes es tun. Victoria würde ihn nicht mehr beachten und stattdessen mit Johannes Hand in Hand den Strönwai entlangspazieren.

Thiemo bewunderte ihr wundervolles goldenes, weiches Haar, ihre zarte Gestalt, ihren sanft geschwungenen Mund und sogar ihren eisernen Willen. Aber manchmal beschlich ihn das Gefühl, dass ihm eigentlich ein Bild, eine Fotografie von Victoria reichen würde. Ein Bild, auf dem sie entspannt lachte und keine Forderungen stellte. Er erschrak ein wenig und wischte den Gedanken sofort zur Seite, und jetzt ärgerte er sich auch darüber, dass sie so an Johannes hing. Er kannte ihre beständige Flirtlust, aber das hier, das war kein Flirt. Das war etwas anderes, und es fühlte sich nicht gut an.

Er wusste, wenn Victoria etwas wollte, dann bekam sie es auch. Sie stammte aus einem reichen Hamburger Elternhaus, war die einzige Tochter und daran gewöhnt, dass man ihr jeden Wunsch von den Augen ablas. Und das, was ihre Eltern für sie taten, hielt sie für den Standard: das teure Internat Schloss Torgelow, das Auto zum bestandenen Abitur, die hohe dreistellige Summe Taschengeld jeden Monat und die kostspieligen Einkaufstouren mit ihrer Mutter nach New York oder Mailand. Deshalb ihr Anspruch an alle und alles und jeden. Er hatte einmal in einem Buch einen Satz gelesen, der ihm jetzt wieder einfiel: »Sie hatte alles. Nur keinen Charakter. Aber den brauchte sie auch nicht, weil sie niemals einen benötigte. Sie war ein teures Erlebnis, ein waschechtes Material-Girl.« Genauso war Victoria. Nein, das stimmte so nicht. Victoria hatte sehr wohl einen Charakter. Nur manchmal, da war sie einfach so wie die anderen. So oberflächlich und ein bisschen gemein zu denen, die nicht so waren wie sie.

Thiemos Mutter war nicht reich. Er war der Sohn einer Alleinerziehenden, ohne Auslandssemester und Internatserfahrung. Bis zu seinem zehnten Lebensjahr war er auf der Insel aufgewachsen, ein echter Sylter Junge. Von seinem Vater wusste er nichts, weder den Namen noch sonst irgendetwas. Seine Mutter behauptete stets, Thiemo sei ein »glücklicher Ausrutscher« gewesen, sie wisse selbst nicht, wer sein Vater sei. Aber Thiemo hatte ihr nicht geglaubt. Seine Mutter war nicht so. Sie hatte nie einen neuen Freund gehabt, sondern hatte immer nur gearbeitet und sich um ihn gekümmert. Wegen Thiemo hatte die Mutter auch ihre Arbeit in der Nordseeklinik auf Sylt gekündigt und hatte eine Stelle auf dem Festland angenommen, die besser bezahlt wurde.

Thiemo war mit seiner Mutter nach Hamburg gezogen, und erst jetzt, nach fünfzehn Jahren, wieder auf die Insel zurückgekehrt. Die anderen außer Johannes glaubten, er wäre Victoria zuliebe zurückgekehrt. Aber das war nicht so. Thiemo war im Oktober fünfundzwanzig Jahre alt geworden. Seine Mutter hatte ihm zu seinem Geburtstag ein Buch geschenkt, ein Fachbuch, das er sehr gut für sein Studium der Geowissenschaften gebrauchen konnte. Es hieß »Der Sandabbau vor Sylt, seine Folgen und neue Möglichkeiten der Strandstabilisierung«. Das Thema passte hervorragend, denn ein paar Tage danach hatte er mit seinem Professor über seine bevorstehende Abschlussarbeit gesprochen. Er hatte den Sandabbau auf Sylt gewählt. Nicht nur weil er ein Sylter Junge war, sondern weil das Buch ihn so gefesselt hatte. Das Buch, das ein Professor für Geowissenschaften geschrieben hatte, der das Problem bereits in Amerika auf Cape Cod studiert hatte.

Vor etlichen Wochen dann hatte Johannes in der Mensa einige Freunde aus der Uni eingeladen, die Weihnachtsfeiertage im Haus seiner Eltern auf Sylt zu verbringen, und Thiemo hatte einfach gefragt, ob er auch mitkommen könne, obwohl seine Mutter natürlich gerne mit ihm gefeiert hätte.

»Du?«, hatte Johannes gefragt. »Bei dir hatte ich nie den Eindruck, dass du Weihnachten bei deiner

Familie nicht überleben würdest. Aber wenn du willst, dann gern. Das Haus meiner Eltern verfügt über genügend Gästezimmer.«

»Es ist wegen der Abschlussarbeit«, hatte Thiemo zugegeben. »Ich muss ein paar Sandproben vom Sylter Strand nehmen. Möglichst an aufeinanderfolgenden Tagen.« Er hatte sich ein bisschen geschämt, weil er nicht wegen der Leute, sondern wegen seiner Arbeit Weihnachten mit Johannes und den anderen verbringen wollte, aber Johannes hatte gelacht. »Wenigstens einer von uns, der etwas Vernünftiges tut.«

Victoria hatte eigentlich lieber nach Pontresina in das Ferienchalet ihrer Eltern fahren wollen und erst der Syltreise zugestimmt, als sie erfuhr, dass Thiemo auf der Insel aufgewachsen war. »Oh, es wird bestimmt spannend, mal einen echten Einheimischen dabeizuhaben.«

Thiemo hatte den anderen nichts von den Bodenproben zu seiner Abschlussarbeit gesagt, denn er befürchtete, sie würden ihn verspotten. Nicht einmal an Weihnachten konnte er sein Studium unterbrechen. Außerdem hatte er ein leicht schlechtes Gewissen, denn er hatte noch nie ein Weihnachtsfest ohne seine Mutter verbracht. Er war der Einzige, den sie hatte. Aber sie hatte ihm so zugeredet. Ja, sie hatte sogar ein Treffen mit dem Autor des Buches organisiert. Bis heute war es Thiemo ein Rätsel, wie sie das geschafft hatte. Auf seine Fragen hatte sie nur geantwortet, dass sie den Mann von früher her kenne. »Von damals«, hatte sie gesagt. »Als wir alle noch auf Sylt lebten.« Und Thiemo hätte gern weitergefragt, aber er kannte seine Mutter gut genug, um zu wissen, dass sie nichts weiter sagen würde.

Damals auf Sylt! Damals, als sie mit ihm schwanger geworden war. Thiemo wusste selbst nicht, warum er gerade jetzt so häufig an den Vater dachte, den er nie gekannt hatte. Vielleicht lag es daran, dass er ihn gerade jetzt gebraucht hätte. Er hatte so viele Fragen. »Was soll ich mit meinem Leben anfangen?«, »Woher weiß ich, dass es Liebe ist?«, »Was ist wichtiger: die Liebe oder der Beruf?« Seine Mutter konnte er so etwas nicht fragen. Einmal hatte er es versucht. Vor Jahren, als er sich nicht sicher war, was er studieren sollte. Da hatte sie ihn lange betrachtet und dann gesagt: »Thiemo, wir brauchen deinen Vater nicht.«

Seither hatten sie das Thema vermieden. Und die Eltern seiner Mutter wussten so wenig wie er. Das zumindest hatten sie ihm zu ihren Lebzeiten immer mitgeteilt, wenn er gefragt hatte. Als er noch ein kleiner Junge gewesen war, hatte er sich in Gedanken einen Vater zurechtgebastelt. Einen, den das Schicksal gezwungen hatte, dem Sohn fernzubleiben. Vielleicht weil er als Agent im Ausland arbeitete. Vielleicht weil er ein berühmter Schauspieler in Hollywood war. Später hatte er sich gedacht, dass er womöglich das Ergebnis einer Affäre war. Ein verheirateter älterer Mann, der sich unsterblich in die junge, schöne Krankenschwester verliebt hatte. Ein Professor der Medizin, ein ausländischer Patient. Und jetzt, da er fast erwachsen war, wünschte er sich nur noch, endlich zu wissen, woher er stammte. Und manchmal dachte er sogar, dass er sich so oft unvollständig fühlte, weil er eben keinen Vater hatte, nichts über ihn wusste.

»Wann wirst du mir endlich alles sagen, was ich wissen möchte?«, hatte er seine Mutter bei seinem letzten Besuch in Hamburg gefragt.

»Sehr bald schon.«

»Warum noch länger warten? Ich warte schon seit über zwanzig Jahren darauf!«

Die Mutter hatte ihn angesehen, die Hand nach ihm ausgestreckt, doch Thiemo wich zurück, und die Mutter ließ die Hand einfach fallen und seufzte. »Manche Dinge brauchen Zeit«, sagte sie. »Du musst mir glauben, dass ich dir nie schaden wollte. Im Gegenteil.«

Und nun waren sie alle zusammen hier: Johannes, Victoria, Marten, Maja und Annabelle, die zwar nicht so hübsch war wie Victoria, deren Eltern aber eine Privatbank in Hamburg gehörte. Sie alle waren Studenten an der Jacobs-Universität in Bremen. Die Eltern der anderen waren mühelos in der Lage, die horrenden fünfstelligen Studiengebühren pro Semester zu bezahlen, nur Thiemo hatte ein Vollstipendium bekommen und musste sich seinen Lebensunterhalt und die Miete für das winzige WG-Zimmer als Kartenabreißer in einem Kino verdienen. An sich war es für ihn keine Überraschung, dass er sich unter seinen Kommilitonen nicht zugehörig fühlte. Da waren nicht nur seine Klamotten und seine preisgünstigen Freizeitbeschäftigungen. Es war seine ganze Art. Die Art zum Beispiel, mit der er sein Studium ernst nahm. Wie er immer und immer wieder in der Bibliothek hockte, statt Party zu machen. Wie er um gute Ergebnisse kämpfte, während die anderen sich weniger mühten, weil sie wahrscheinlich ohnehin niemals zu arbeiten brauchten oder aber einen guten Job in den Firmen ihrer Eltern bekamen. Manchmal nannte Victoria ihn »ihren Exoten«, weil er so anders, so besonders, so bodenständig war. So geerdet, wie sie es ausdrückte. Und anscheinend war das nichts, was man vorn in seine Vita eintragen sollte, denn die anderen lachten darüber. Und dann wieder hatte sie ihn »ihren kleinen Streber« genannt, weil er so konsequent auf sein Ziel – einen sehr guten Abschluss als Geowissenschaftler – hinarbeitete. Für Victoria war das Leben partybunt.

Thiemo war vom ersten Tag seines Studiums von Victoria fasziniert gewesen. Sie war so anders, so glamourös, so selbstsicher. Ein Mädchen wie sie hatte er bisher noch nie getroffen. Doch für ihn war sie so unerreichbar gewesen wie die Venus selbst. Dann hatte Johannes ihn auf eine Party mitgeschleppt als Dank dafür, dass er ihm bei einer Seminararbeit in Mathematik geholfen hatte. Eine Party, in der die Jungs alle Hemden mit aufgestickten Poloreitern trugen und die Mädchen allesamt Handtaschen desselben Labels mit Goldemblem. Die Musik war laut und wurde immer lauter, Leute, die sich vorher kaum kannten, knutschten hemmungslos, Haschischtüten wurden herumgereicht. Leere und halbleere Flaschen rollten über den Boden, und jemand hatte aus dem Fenster gekotzt.

Thiemo hatte allein am Küchenfenster der fremden Wohnung gestanden und in die Bremer Nacht geschaut, ein Glas Wein in der Hand. Hier war es einigermaßen ruhig, hier konnte er dem überdrehten Treiben ausweichen. Victoria war zu ihm getreten.

»Langweilig, oder?« Sie seufzte, warf ihr langes Haar über die Schulter zurück. »Irgendwie sind alle Partys gleich. Man trinkt zu viel und raucht zu viel und kifft zu viel, und meistens redet man auch noch zu viel. Ich glaube, ich fange langsam an, diese fucking Partys zu hassen.«

»Warum gehst du dann hin?«, hatte Thiemo gefragt. Victoria hatte ihn verblüfft angeschaut. »Was soll ich denn sonst machen?«

Jetzt war es Thiemo, der verwundert war. »Du könntest zu Hause bleiben, könntest lesen oder ins Kino gehen.«

»Aber …« Sie brach ab, machte eine Handbewegung, die die ganze Party umfasste. »Aber das hier ist doch das Leben.« Dann lachte sie, reckte das Kinn und stieß Thiemo gegen die Schulter. »Jetzt sind wir schließlich jung. Deshalb müssen wir uns jetzt amüsieren und so viel Spaß haben wie überhaupt nur möglich.«

»Hast du denn Spaß?«, hatte Thiemo gefragt und ihr in die Augen gesehen.

Victoria hatte seinem Blick kurz standgehalten, dann hatte sie sich zu ihm gebeugt und die Lippen gespitzt. »Küss mich!«, hatte sie geflüstert, und Thiemo hatte nicht gewusst, warum er sie so plötzlich küssen sollte, aber er hatte es getan. Später an diesem Abend war er in Victorias Bett gelandet und hatte mit ihr geschlafen. Für ihn war es das erste Mal gewesen. Und obwohl er sich diesen Augenblick immer irgendwie aufregender, magischer vorgestellt hatte, war er bis zum Frühstück geblieben. Von diesem Morgen an hatte er sich für Victoria verantwortlich gefühlt. So, als hätte er in der Nacht ein Versprechen abgelegt. Man schlief nicht einfach mit einem Mädchen, wenn es nichts bedeutete. Er wusste, dass seine Einstellung altmodisch war, doch er war nicht bereit, davon abzuweichen. Also blieb er in ihrer Nähe, passte auf, dass sie nach den Partys sicher nach Hause kam, und half ihr bei den Seminararbeiten, die ihr herzlich egal waren. Und nun waren ihre Freunde auch seine Freunde, und er stand nicht mehr so allein da. Ihre letzten Worte dröhnten noch in seinen Ohren: »Ich kann nur demjenigen mein Herz schenken, der mir auch zeigt, dass ich ihm etwas bedeute.« Natürlich hatte sie damit auf den Pullover angespielt. «Oder hast du schon ein Weihnachtsgeschenk für mich?«, hatte Victoria wissen wollen, den Glühweinbecher in der Hand und halb an Johannes gelehnt.

Was sollte Thiemo sagen? Ja. Er hatte ein Geschenk für sie. Er hatte ein kleines Album gebastelt mit Fotos von Victoria und Gedichten von

Rilke. Jetzt kam ihm sein Geschenk plötzlich unglaublich lächerlich und armselig vor. Ein Album mit Fotos und Gedichten! Wie hatte er nur glauben können, damit Victoria zu beeindrucken. Er hatte es romantisch gefunden, aber jetzt merkte er, dass Romantik bei Victoria keinen hohen Stellenwert hatte. Es sei denn, er käme auf einem weißen Pferd mit einer roten Rose zwischen den Zähnen vor die Universität galoppiert. Romantik war für Victoria das, was die anderen romantisch fanden. Und höchstwahrscheinlich gehörten Rilke-Gedichte nicht dazu.

Also schüttelte er den Kopf. »Nein, ich muss noch etwas besorgen«, sagte er leise.

»Na ja, dann weißt du ja, was ich mir wünsche!« Sie lachte, als wäre nichts weiter dabei.

Woher aber sollte Thiemo 999 Euro nehmen? Er musste in knapp zwei Wochen die Miete bezahlen. Er brauchte ein teures Fachbuch. Ob er sich von Johannes das Geld leihen konnte? Er hatte so viel, das wusste Thiemo. Es war nicht so, dass Johannes damit prahlte. Geld war für ihn so selbstverständlich wie die Luft zum Atmen. Er würde sich gar nicht vorstellen können, wie es war, kein Geld zu haben. Thiemo hatte mal gehört, dass Johannes über eigene Aktienpakete verfügte und dass ihm seine Großeltern ein Mietshaus in Hamburg hinterlassen hatten, über dessen Einnahmen er frei verfügen konnte. Er hatte in Bremen ein eigenes Loft und fuhr einen großen BMW.

Aber Johannes würde ihm kein Geld leihen. Einfach deshalb, weil er ihn nie danach fragen würde. Auch die anderen würden ihm kein Geld leihen. Nicht aus Bosheit, sondern einfach, weil sie es gewohnt waren, Geld zu haben. Er hatte niemanden, den er anpumpen konnte. Seine Mutter schon gar nicht mit ihrem Krankenschwesterngehalt. Sie würde das Geld schon irgendwie zusammenkratzen, wenn er ihr sagte, wie dringend er es brauchte. Aber ein Pullover war einfach nicht dringend. Nicht für jemanden, der Dutzende davon hatte.

»Kommst du mit? Wir gehen in die Kupferkanne.« Johannes schlug ihm auf die Schulter. »Es wird Zeit, die Champagnerkorken fliegen zu lassen.«

Thiemo schüttelte den Kopf. »Ich glaube, ich möchte ein bisschen allein sein.«

»Dann eben nicht.« Johannes zuckte mit den Schultern. »Den Schlüssel für die Hütte hast du ja, und wo die Getränke stehen, weißt du auch.« Mit Hütte war die Villa von Johannes Eltern gemeint, ein zweistöckiges Friesenhaus voller Designermöbel und Elektronik, in dem er zurzeit eine kleine Kammer im Souterrain bewohnte. Und selbst diese Kammer war mit dicken Teppichen ausgelegt und hatte ein winziges eigenes Bad dabei. Eigentlich hatte er davon geträumt, sich ein Zimmer mit Victoria zu teilen, doch sie hatte abgelehnt. »Vielleicht schnarchst du ja?«, hatte sie gesagt und dann den Kopf geschüttelt. Jeden Abend hatte er gewartet, dass Victoria an seine Zimmertür klopfen würde, doch bisher hatte sie das nicht getan. Und so, wie es jetzt aussah, würde sie wahrscheinlich auch eher bei Johannes anklopfen.

»Alles klar?« Johannes schlug ihm auf die Schulter. »Soll ich dir Gesellschaft leisten?«

Thiemo verneinte.

Dann sah er, wie sich Victoria bei Johannes einhängte und gemeinsam mit den anderen im Schneegestöber verschwand.

Er lief durch den Keitumer Mungard-Wai bis hinunter zum Hoyerstig und von dort ans Wattenmeer. Obgleich es noch immer schneite, begegneten ihm viele Menschen. Urlauber zumeist. Sie spazierten gutgelaunt in Gruppen oder zu zweit durch Keitum.

Er ging weiter, ließ die Menschen hinter sich. Er kam zum Keitumer Kliff, die Hände in den Taschen, den Kopf gesenkt, und blieb stehen. Links von ihm erkannte er die Lichter von List. Er stand einfach da, ohne nachzudenken. Ein kleiner Mensch vor der unendlichen Weite des Meeres.

2. Kapitel

Zwei Tage später – es war mittlerweile der 22. Dezember – hatte er noch immer nicht das Weihnachtsgeschenk für Victoria, das sie sich gewünscht hatte. Er war extra mit dem Bus von Kampen nach Westerland gefahren, weil es nur dort eine Filiale seiner Bank gab. Er kannte seinen Kontostand genau, doch irgendetwas ließ ihn hoffen, dass sich über Nacht ein Wunder ereignet und er plötzlich Geld auf seinem Konto hatte.

Vor ihm am Automaten stand eine alte Dame, die sich schwer auf ihren Stock stützte. Umständlich führte sie ihre EC-Karte in den Schlitz ein, sah sich nach allen Seiten um und bedeckte dann sorgsam mit der Hand das Ziffernfeld für die Geheimnummer. Gerade als sie damit fertig war, rief jemand einen Namen, und die alte Frau wandte sich lächelnd um, ging auf einen älteren Mann zu und sprach mit ihm.

Thiemo sah, dass sie vergessen hatte, ihr Geld aus

dem Schlitz zu nehmen. Nur die EC-Karte hatte sie eingesteckt. Er blickte zu ihr hin, betrachtete die schmale, kleine Gestalt in dem dunkelblauen Mantel, die noch immer lächelnd mit dem Mann sprach. Nun legte sie ihm eine Hand auf den Arm, nickte noch einmal, dann drehte sie sich um und verließ die Vorhalle der Bank. Hastig entnahm Thiemo das Geld, verstaute es, ohne zu zählen, in der Tasche seines Parkas und verließ ebenfalls die Bank, ohne seinen Kontostand in Erfahrung gebracht zu haben. Als er draußen war, wandte er den Kopf nach rechts und links und entdeckte die alte Dame am Ende einer kleinen Stichstraße. Gerade war sie dabei, das schmale Pförtchen eines Vorgartens zu öffnen, begab sich dann zu Haustür eines wunderhübschen kleinen Friesenhauses und schloss die Tür auf.

Sie hat ein Friesenhaus, dachte Thiemo und war plötzlich erleichtert. Also ist sie keine arme Frau. Trotzdem brannte ihm das Geld in der Tasche. Er sah sich nach allen Seiten nach einem vor Blicken geschützten Ort um, fand eine leere Bushaltestelle, nahm das Geld aus der Tasche und zählte es. Es waren genau tausend Euro. Exakt die Summe, die er für Victorias Pullover brauchte. Doch das Geld machte ihm das Herz nicht leichter, seine Stimmung nicht besser. Ich habe gestohlen, dachte er und spürte, wie

Schamröte in seine Wangen schoss. Ich habe eine alte Dame bestohlen. Fast war er versucht, in die kleine Stichstraße einzubiegen und an der Tür des Friesenhauses zu klingeln.

Im nächsten Augenblick jedoch hielt der Bus nach Kampen an der Haltestelle, und Thiemo stieg hastig ein, er wollte plötzlich nur noch weg von hier, weg von der Bank, von dem Friesenhaus.

Im Bus sammelte er Argumente für sein Verhalten. Eigentlich hatte er die alte Dame ja nicht bestohlen. Er hatte das Geld gefunden. Einfach so gefunden. Nur dass er wusste, wem es gehörte. Aber gefunden blieb gefunden. Und wenn er es nicht genommen hätte, dann hätte es vielleicht der nächste Kunde genommen und hätte es am Ende sogar für Alkohol oder Drogen ausgegeben. Eigentlich hatte er also nichts falsch gemacht, eigentlich hatte er keine strafbare Tat begangen. Soweit er wusste, gab es kein Gesetz, das einen Finder verpflichtete, seinen Fund zu melden. Überdies wohnte die alte Dame in einem Friesenhaus, dessen Wert hier auf der Insel so beträchtlich war, dass sie den Verlust der tausend Euro sicherlich verschmerzen konnte. Kurz kam ihm der Gedanke, dass das Geld vielleicht für Weihnachtsgeschenke bestimmt war, doch da hielt der Bus auch schon in Kampen, und ehe Thiemo noch weiter nachdenken konnte, befand er sich auf dem Strönwai, einer der teuersten Einkaufsstraßen Deutschlands.

Er lief von Schaufenster zu Schaufenster, wunderte sich ein um das andere Mal über die exorbitanten Preise, konnte sich einfach nicht vorstellen, dass irgendwer für eine Handtasche fast zehntausend Euro bezahlen wollte, für einen Ring dreißigtausend Euro, für eine Flasche Wein achthundert Euro. Dabei waren das noch nicht einmal die teuersten Produkte, die man am Strönwai kaufen konnte. Louis Vuitton, Jil Sander, Burberry, Chopard, Joop, Montblanc: all diese Namen hatte Thiemo schon gehört, sich aber nie gefragt, was sich dahinter verbarg. Einzig Montblanc kannte er, weil Johannes manchmal mit einem Füller dieser Marke schrieb.

Die Schaufenster ähnelten sich so sehr, dass Thiemo große Schwierigkeiten hatte, die Boutique mit dem grünen Pullover wiederzufinden. Er war am Ende des Strönwai angekommen, hatte bald auch schon die beinahe ebenso teure Watt- und Hauptstraße abgeklappert, doch den Pullover hatte er nicht gefunden. Irgendwie war er deshalb sogar erleichtert gewesen. Er setzte sich in ein Café, bestellte sich eine Tote Tante – einen Kaffee mit einem kräftigen Schuss Rum und einer köstlichen Sahnehaube – und dachte darüber nach, ob er Victoria anrufen und sich mit ihr auf der Whiskeymeile treffen sollte, um gemeinsam nach dem Pullover zu suchen. Er hielt das Smartphone schon in der Hand, doch dann dachte er daran, dass sie ihn vielleicht auslachen würde, weil er nicht einmal in der Lage war, sich ein Geschäft zu merken. Ein Geschäft mit einem grünen Kaschmirpullover, der bewirken sollte, dass sich Victoria selbst lieben konnte.

Gerade als er aufgeben wollte, entdeckte er den Pullover in einem Schaufenster. Für einen Augenblick war er erleichtert. Der Pullover war noch da. Das bedeutete, dass Johannes ihn noch nicht gekaufte hatte. Er trat näher, betrachtete das grüne Teil aufmerksam. Aber solange er auch schaute, er konnte einfach nichts an dem Pullover entdecken, was den Preis in seinen Augen rechtfertigte. Trotzdem betrat er den Laden. Eine Verkäuferin musterte ihn stumm von oben bis unten und beschloss offenbar, dass Thiemo nach ihrer Einschätzung keinen Gruß verdient hatte. Also stand er einfach mit hängenden Armen im Laden, trat von einem Bein auf das andere, während die Verkäuferin mit jemandem telefonierte, dabei albern lachte und Thiemo nicht aus den Augen ließ, als wäre er gerade im Begriff, irgendetwas aus dieser Boutique zu stehlen.

Thiemo dachte jedoch gar nicht daran, etwas zu stehlen. Es gab nichts in diesem Laden, was er hätte haben wollen. Nach ein paar Minuten klopfte er leicht auf die Ladentheke. Die Verkäuferin runzelte die Stirn und flötete ins Telefon: »Du, ich muss aufhören, hier will jemand was von mir.« Dann wandte sie sich endlich an Thiemo, klebte sich ein falsches Lächeln ins Gesicht und fragte: »Was kann ich für Sie tun?«

Thiemo räusperte sich. »Der grüne Pullover im Schaufenster. Ich möchte ihn mir gern näher ansehen.«

Die Verkäuferin erhob sich. »Sie sind heute schon der Zweite, der danach fragt.«

Thiemo erschrak. War Johannes etwa schon da gewesen?

»Dann habe ich ja Glück, dass der andere ihn nicht gekauft hat, oder?« Er lachte kurz auf, doch das Lachen hörte sich hohl an und albern.

Die Verkäuferin strich über die grüne Wolle. »Es ist einfach nicht jeder in der Lage, ein echtes Schnäppchen zu erkennen. Ich würde ihn mir selbst kaufen zu diesem Preis, aber ich habe ihn schon.«

Kurz dachte Thiemo über diese seltsame Aussage nach, dann nickte er. Der Pullover lag jetzt ausgebreitet auf der Ladentheke. Vorsichtig strich Thiemo darüber. Er fühlte sich so weich an wie Eiderdaunen. Die Verkäuferin sah ihn an, als warte sie auf etwas. Aber worauf? Schließlich erinnerte er sich an den letzten Einkauf mit seiner Mutter vor ein paar Jahren. Er hatte ein paar neue Jeans gebraucht und dazu einige Sweater. Seine Mutter hatte ebenfalls den Stoff befühlt und dann das gefragt, was Thiemo jetzt auch fragte: »Bei wie viel Grad kann man solche Sachen in der Maschine waschen?«

»Wie bitte?«

Die Verkäuferin starrte ihn an, als hätte er angekündigt, die weiche Wolle aufzudröseln und daraus ein Fischernetz knüpfen zu wollen.

»Waschmaschine«, erwiderte er unsicher und spürte, wie er errötete. »Bei wie viel Grad kann man solch einen teuren Pullover in der Waschmaschine waschen?«

Die Verkäuferin warf den Kopf ein wenig in den Nacken und antwortete hochmütig: »Unsere Kunden lassen ihre Kleidung in einer Reinigung pflegen. Die Leute dort wissen, was zu tun ist.«

»Aha.« Thiemo nickte. Er starrte von einer Seite der Ladentheke auf den Pullover, die Verkäuferin von der anderen Seite. »Wollen Sie ihn nun, oder kann ich ihn zurück ins Schaufenster legen?«

Thiemo hatte bereits nach den Geldscheinen in

seiner Hosentasche gegriffen. Er hatte schon den Mund geöffnet, um die Verkäuferin zu bitten, den Pullover als Geschenk einzupacken. Plötzlich aber kam ihm die ganze Situation beinahe obszön vor. Er stahl einer alten Dame tausend Euro, um einen Pullover zu kaufen, den man nicht einmal in der Waschmaschine waschen konnte. Und das obendrein für ein Mädchen, bei dem er nicht wusste, was er für sie und sie für ihn empfand. Fast hätte er laut aufgelacht.

»Ich habe mich anders entschieden«, sagte er. »Sie können den Pullover wieder ins Schaufenster legen. Ich wette, bis Weihnachten haben Sie ihn verkauft.« Dann lachte er tatsächlich, schüttelte den Kopf und verließ den Laden.

Draußen fühlte er sich auf einmal richtig leicht. Am liebsten wäre er gehüpft. Ein unbändiges Lachen hockte in seiner Kehle, wollte ausbrechen, trieb ihm schon die Tränen in die Augen. Er blieb stehen, beobachtete aus einiger Entfernung, wie die Verkäuferin den Pullover zurück ins Schaufenster legte und dabei das Preisschild gerade rückte.

Als er zurück in die Villa von Johannes' Eltern kam, saßen die anderen um einen großen Tisch, auf dem noch immer die Überreste des Frühstücks standen.

In der Küche war die Haushälterin damit beschäftigt, die Spülmaschine auszuräumen. Johannes hatte sich weit zurückgelehnt, rauchte eine Zigarette und schnippte die Asche direkt auf seinen Frühstücksteller. Maja saß auf Martens Schoß und fütterte ihn mit Grapefruitstückchen. Annabelle zog einen Flunsch und verkündete: »O Gott, mir ist langweilig. Und überhaupt finde ich das, was wir hier machen, oberspießig. Lasst uns bitte endlich etwas Richtiges unternehmen.«

Victoria bestrich sich ein frisches Brötchen mit Butter und Lavendelhonig, biss kräftig hinein und erklärte: »Was sollen wir schon unternehmen? Diese Insel ist einfach ein Kaff. Ich wette, wir haben schon alles hier gesehen, waren in jeder Kneipe, die sich lohnt, kennen alle Geschäfte. In zwei Tagen ist Heiligabend. Wir sollten uns allmählich überlegen, was wir da anstellen.« Sie zeigte mit dem Finger auf Johannes. »Aber das eine sage ich dir: Ich gehe auf gar keinen Fall in die Kupferkanne. Kneipen am Heiligabend sind voller Loser. Ich möchte ein richtiges Fest mit Tannenbaum, Braten und Geschenken.«

»Dann hättest du ja gleich zu Hause bei deinen Eltern bleiben können«, erwiderte Maja und betrachtete ihre langen Fingernägel.

»Pfft!«, machte Victoria. »Woher willst du wissen, wie es bei uns zu Weihnachten ist? Ich kann es dir sagen: Wir fahren in die Schweizer Berge. Meine Mutter wird sich betrinken, und mein Vater wird dem neuen Golfschläger keine Beachtung schenken und stattdessen in seinem Smartphone rumblättern. Und am ersten Weihnachtsfeiertag sind wir alle froh, wenn die Skipisten wieder öffnen und wir einander aus dem Weg gehen können.« Sie hatte das ohne Bitterkeit gesagt. Johannes aber lachte. »Genau wie bei uns«, sagte er. »Nur dass mein Vater zwischendrin immer mal wieder mit New York telefoniert, denn die feiern ja sechs Stunden später als wir.«

Maja nickte. »Ist bei uns ähnlich. Meine Großeltern kommen, und mein Großvater erklärt meinem Vater, was er alles falsch macht, und mein Vater sagt keinen Ton, während meine Mutter bemüht ist, gute Laune zu zeigen.«

Thiemo hörte zu und wunderte sich. Gerade eben hatten sich vor seinen Augen die souveränen und weltklugen Freunde in kleine Kinder verwandelt. Und da fragte auch schon Marten: »Wie feiert man eigentlich richtig Weihnachten? Ich habe die letzten Jahre immer bei Freunden verbracht. Meist betrunken. Und davor war ich im Internat.«

Die Freunde schauten sich an, bis Victoria endlich

mit den Schultern zuckte und leise sagte: »Vielleicht weiß es Thiemo ja.«

Alle sahen ihn an, und zum ersten Mal fühlte er sich den Freunden gegenüber ein winziges bisschen überlegen. »Wir kaufen eine Gans. Eine richtige Weihnachtsgans. Ich weiß, wie man sie zubereitet. Und Punsch. Weihnachtspunsch brauchen wir auch. Plätzchen gehören auch dazu. Vanillekipferl und Dominosteine. Und natürlich einen Tannenbaum.«

Johannes winkte ab. »Um das Essen und den Baum kümmert sich die Haushälterin.«

Thiemo schüttelte den Kopf. »Nein. Das machen wir selber. Wir kaufen ein und kochen und schmücken den Baum. Alle zusammen.« Er sah zu Victoria, erwartete ein Lächeln auf ihrem Gesicht, ein wenig von dem, was sich Weihnachtsfreude nennt, doch ihr Gesicht blieb unbewegt. »So viel Arbeit«, stöhnte sie.

»Ja, aber es macht Spaß, und so feiert man Weihnachten!« Thiemo wollte unbedingt, dass die Freunde seinen Vorschlag annahmen. Alles in ihm drängte danach. Einmal, nur ein einziges Mal wollte er etwas haben oder kennen, das die anderen nicht hatten oder kannten. »Johannes, was meinst du?«, fragte er.

Johannes richtete sich ein bisschen auf, drückte seine Zigarette auf dem Frühstücksteller aus und erklärte: »Meinetwegen. Wir können es ja versuchen. Aber wenn es nicht klappt, mein Lieber«, er deutete mit dem Finger auf Thiemo, »dann schmückst du den Baum alleine und brätst dir die Gans zum Frühstück.«

3. Kapitel

Am nächsten Morgen, es war der 23. Dezember, fuhren sie zum Einkaufen. Sie nahmen zwei Wagen – Martens BMW und Victorias Mini-SUV – und begaben sich zum Delikatessenmarkt Meyer in Wenningstedt-Braderup. Thiemo hatte hin und wieder einzelne Feinkostgeschäfte in Hamburg oder Bremen bestaunt, aber einen ganzen Supermarkt voller Delikatessen hatte er noch nie gesehen. Sie nahmen sich zwei Einkaufswagen – einen für die Speisen und einen für die Getränke –, und eine Stunde später waren die Wagen voll und Feinkost Meyer um vierhundert Euro reicher. Dann erstanden sie noch einen Weihnachtsbaum, natürlich den größten, den sie finden konnten, und besorgten Weihnachtsbaumschmuck, denn Johannes hatte keine Ahnung, ob es so etwas im Hause seiner Eltern überhaupt gab.

Es war bereits früher Nachmittag, als sie erschöpft, aber fröhlich wieder zu Hause eintrafen.

Victoria hatte rote Wangen, ihre Augen blitzten, und sie hatte den gelangweilten Gesichtsausdruck, den sie sonst unter ihrem Make-up trug, gegen ein fröhliches Lächeln eingetauscht. Noch nie hatte Thiemo sie so schön gefunden.

»Und nun?«, wollte sie wissen und klatschte in die Hände.

»Also, Marten und ich schmücken den Baum«, verkündete Johannes. »Für die Küche bin ich, glaube ich, ungeeignet.«

Maja schloss sich ihnen an, und in der Küche zurück blieben Annabelle, Victoria und Thiemo. »Wie also macht man eine Weihnachtsgans?«, wollte Victoria wissen.

Thiemo legte das fünf Kilo schwere Tier auf den Küchentisch und betrachtete es von allen Seiten. »Eine richtig schöne Gans«, murmelte er vor sich hin und versuchte sich daran zu erinnern, was seine Mutter zuerst getan hatte. Er holte einen Topf aus der Anrichte, gab Wasser, Salz, eine große Zimtstange, ein paar Kräuter und Rotwein dazu. Dann kochte er das Ganze auf und übergoss die Gans damit.

»Riecht gut!«, stellte Victoria fest.

»Wie bei meiner Oma«, fügte Annabelle hinzu. »Und wie geht es weiter?«

»Die Gans muss über Nacht in der Marinade liegen, und morgen wird sie mit Äpfeln und Maronen gefüllt und gebraten. Am Abend werden wir sie essen können.«

»Und jetzt? Was machen wir jetzt?«, wollte Victoria wissen, und auch Annabelle sah Thiemo fragend an. Für einen Augenblick fühlte sich er wie in einem Kindergarten. Es schien, als könnten die beiden jungen Frauen, einmal herausgerissen aus ihrem Partytrott, keine eigenen Entscheidungen fällen.

»Jetzt backen wir Plätzchen«, entschied er. »Und machen den Weihnachtspunsch.«

Aus dem Wohnzimmer, wo die anderen den Baum schmückten, drang Gelächter. Victoria erklärte, dass sie sich vor Plätzchenteig ekelte, und begab sich zu den anderen ins Wohnzimmer. Annabelle folgte ihr, und so stand Thiemo allein in der Küche mit Teig und Punsch.

Kurz darauf hörte er, wie die drei Mädchen kichernd das Haus verließen, während Marten und Johannes den halbgeschmückten Baum Baum sein ließen und sich lieber mit Videospielen vergnügten.

Thiemo backte Plätzchen und setzte den Punsch an. Er konnte sich selbst nicht recht erklären, warum er einen solchen Eifer an den Tag legte, während die anderen sich amüsierten. Er hatte gerade das letzte

Blech Plätzchen in den Ofen geschoben, als die drei Mädchen zurückkamen. Stolz ging Thiemo zu ihnen in das große Wohnzimmer und reichte einen Teller mit frischen, noch warmen Plätzchen herum.

»Lecker!«, rief Maja aus. »Wie bei meiner Oma. Kann ich noch eins?«

»Natürlich«, erwiderte Thiemo und hörte selbst, dass er stolz klang.

Marten kicherte. »Wenn Thiemo so ein Ass im Haushalt ist, warum stellen wir ihn dann nicht als Dienstboten an?«, wollte er wissen.

Für einen Augenblick herrschte erschrockene Stille.

Dann erhob sich Johannes, trat Marten gegen das Schienbein, so dass dieser aufschrie: »Du bist wirklich ein kompletter Idiot«, sagte Johannes, dann wandte er sich an Thiemo. »Er ist ein Volltrottel. Du weißt schon, dass er das eben nicht so gemeint hat, oder?«

Thiemo nickte und wusste doch sehr genau, wer hier was wie gemeint hatte.

Victoria erhob sich, stellte sich neben Thiemo und kitzelte ihn unter dem Kinn, als wäre er ein Kleinkind. »Wir waren gerade noch einmal auf der Whiskeymeile. Und stell dir nur vor, der grüne Pullover liegt immer noch im Schaufenster.« Dann sah sie demonstrativ auf ihre Uhr. »Du hast nicht einmal mehr vierundzwanzig Stunden.«

»Hör auf!« Es war Johannes, der einschritt und Victoria von Thiemo wegzog. »Hör endlich auf mit dem blöden Pullover. Du nervst schon seit Tagen damit.« Er schlug Thiemo freundschaftlich auf die Schulter. »Mir schmecken deine Plätzchen«, erklärte er und verließ den Raum.

Thiemo stand da und wusste einen Moment nicht, was er tun sollte. Wie in Trance zog er sich dann seinen Parka an, setzte die schwarze Beanie auf und verließ das Haus.

4. Kapitel

Er fand sich an der Bushaltestelle wieder, und als der Bus nach Westerland vor ihm hielt, stieg er einfach ein. Wenig später befand er sich auf der Einkaufspromenade von Westerland. Er war schon oft einsam gewesen, doch die heutige Einsamkeit tat weh. Sie schmerzte umso mehr, weil er das erste Mal etwas von sich selbst gezeigt hatte. Nur ein kleines Stück: seine Vorstellung von einem Weihnachtsfest.

Thiemo holte sein Smartphone aus der Tasche. Er hatte das plötzliche Bedürfnis, mit seiner Mutter zu reden. Eigentlich hatten sie zusammen Weihnachten feiern wollen. So wie immer. Doch als Thiemo seiner Mutter vom Thema seiner Abschlussarbeit erzählt hatte, war sie es, die ihm zugeredet hatte: »Fahr nach Sylt. Ich bezahle die Fahrtkosten. Mach die Bodenproben.«

Thiemo hatte die Nummer seiner Mutter schon

eingetippt, doch plötzlich hielt er inne. Wenn er sie anrief, dann würde sie merken, dass mit ihm etwas nicht stimmte. Sie war seine Mutter. Wenn nicht sie, wer wusste dann, wie es ihm ging? Er steckte das Smartphone zurück in seine Tasche. Am allerliebsten hätte er sich auf der Stelle in den Zug gesetzt und wäre nach Hamburg zu seiner Mutter oder wenigstens nach Bremen in seine WG gefahren. Warum tat er es nicht? Was hielt ihn hier? Es war das Treffen mit dem Sachbuchautor, das seine Mutter vermittelt hatte, sobald feststand, dass er die Feiertage auf Sylt verbringen würde. Er wusste bis heute nicht, wie sie das zustande gebracht hatte, aber seine Mutter überraschte ihn immer wieder. Am 25. Dezember wollte sich der Professor mit ihm am Langen Christian treffen, dem Leuchtturm bei Kampen. Der Treffpunkt am Strand war nicht so ungewöhnlich, wie es auf den ersten Blick schien, denn immerhin ging es ja um den Strand.

Doch das war nicht das Einzige, was ihn hier noch auf der Insel hielt.

Er fasste wieder in seine Hosentasche und spürte das Geld darin. Die Scheine kribbelten wie Säure in seiner Hand. Er musste die tausend Euro zurückgeben, erst dann konnte er die Insel verlassen. Thiemo blieb stehen und lächelte unwillkürlich. Er fühlte sich nach diesem Entschluss, als wäre ihm ein großer Stein vom Herzen gefallen. Er wandte sich um und begab sich mit raschen Schritten zu der kleinen Stichstraße, in der die alte Dame wohnte.

Er hatte beinahe schon das weißgetünchte Friesenhaus erreicht, als er abrupt stehenblieb. Was sollte er der alten Dame sagen? Entschuldigen Sie bitte, hier ist Ihr Geld. Eigentlich wollte ich davon einen grünen Kaschmirpullover kaufen, aber jetzt gebe ich es Ihnen doch lieber zurück. Ach ja, und noch frohe Weihnachten! Nein. Das ging auf gar keinen Fall. Sollte er das Geld einfach ohne Entschuldigung in ihren Briefkasten stecken?

Thiemo konnte sich nicht entscheiden. Doch plötzlich ging die Tür des Friesenhauses auf, und die alte Dame erschien.

Als sie Thiemo sah, glitt ein Lächeln über ihr faltiges Gesicht.

»Mein Junge!«, rief sie laut und breitete die Arme aus. »Wie schön ist es, dich wiederzusehen. Ich habe immer gewusst, dass du eines Tages vor der Tür stehen und deine alte Oma besuchen würdest.«

Thiemo blieb vor Überraschung wie angenagelt stehen, doch dann lief er einfach zu ihr. Ja. Einfach so. Das war so viel leichter, als die Freunde zum Lächeln zu bringen. Ihm war schon klar, dass die alte

Dame ihn verwechselte. Aber das war ihm in diesem Augenblick gleichgültig. Hier war jemand, der sich über ihn freute. Ihr Gesicht strahlte, die Augen blitzten, und sie trippelte aufgeregt hin und her. »Ach, wenn du wüsstest, wie ich mich freue. Hast du gut hergefunden, mein Lieber?«

Thiemo nickte. »Von Kampen aus ist es ja nicht allzu weit hierher«, sagte er, als wüsste die alte Dame, dass er in Kampen logierte.

»Deine Mutter hat mir in letzter Zeit ein paar Fotos von dir geschickt. Deshalb habe ich dich gleich erkannt«, sprach die alte Dame weiter und tätschelte dabei seinen Arm.

Er war so verwirrt, dass er keinen klaren Gedanken fassen konnte. Mit allem hatte er gerechnet: dass sie ihn beschimpfte, weinte, vielleicht sogar die Polizei rief. Aber dass sie so tat, als würde sie ihn kennen, machte ihn sprachlos.

»Kann ich irgendwie helfen?«, fragte er, um überhaupt irgendetwas zu sagen, doch die alte Dame schüttelte den Kopf. »Erst musst du dich ein wenig stärken. Dann könntest du mir mit dem Baum helfen«, sagte sie und legte eine Hand zart auf seinen Arm. »Weißt du, ich bin heute ein bisschen wackelig auf den Beinen.« Sie lachte leise. »Das wird von der Freude kommen.«

Thiemo, dem es wahrhaftig die Sprache verschlagen hatte, nickte nur, nahm den Baum und lief hinter der alten Dame her. Am Türschild hatte er gelesen, dass ihr Name »Ilse Lindemann« war. Er folgte Frau Lindemann durch einen schmalen Korridor bis in ihr Wohnzimmer.

»Stell den Baum doch dort in die Ecke. Der Ständer steht gleich daneben. Siehst du ihn?«

Thiemo nickte. Er fand noch immer keine Worte.

Frau Lindemann redete schon weiter: »Ich setze rasch Kaffee auf. Ein paar selbstgebackene Plätzchen habe ich auch noch.« Sie lächelte so glücklich, dass es Thiemo warm ums Herz wurde.

Als sie in der Küche verschwunden war, sah er sich um. Die Wände der Stube schmückten etliche blauweiße Kacheln, so wie es früher auf Sylt üblich gewesen war. In einem Kamin mit gemauertem Sims loderten ein paar Scheite und strahlten eine gemütliche Wärme aus. Unter dem Fenster befand sich eine Truhe, die mit Schafsfellen und bunten Kissen bedeckt war. Daneben stand ein kleiner Tisch neben einem bequemen Lehnsessel. Auf dem Tisch lagen ein paar Bücher, und auf einer Kommode stand ein gigantisches Schiffsmodell.

Er befestigte den Weihnachtsbaum im Ständer, rückte hier und da noch einen Zweig zurecht, dann kam Frau Lindemann schon wieder. Thiemo aß von den Plätzchen, und die alte Dame sah ihm erfreut dabei zu.

Nur kurz dachte Thiemo an seine Freunde, die sich ganz sicher schon auf den Weg in die Kupferkanne oder die Sansibar gemacht hatten. Hier, bei Frau Lindemann, war es nicht luxuriös, aber im höchsten Maße gemütlich. Vor den Fenstern hingen blütenweiße Gardinen, der Teppich leuchtete in verschiedenen Rottönen, das Sofa war mit grauem Samt bezogen, ebenso die bequemen Sessel. Ein Regal an der Wand stand voller Bücher.

»Lesen Sie gern?«, fragte Thiemo.

Frau Lindemann runzelte die Stirn. »Natürlich lese ich gern. Am liebsten mag ich die Krimis, die in England spielen. Die Menschen darin erinnern mich an uns Sylter. Wassermenschen, Meermenschen, Inselmenschen eben.« Sie lächelte und goss Thiemo noch einmal Kaffee nach. »Meinst du, du kannst mir noch helfen, den Baum zu schmücken?«, fragte sie.

Thiemo überlegte, ob Frau Lindemann vielleicht verwirrt oder dement war. Aber sie schien sich wirklich sehr über seinen Besuch zu freuen und wirkte durchaus, als wüsste sie, was sie tat und sagte.

»Ja. Natürlich. Ich liebe es, Weihnachtsbäume zu schmücken«, erwiderte Thiemo, und tatsächlich konnte er sich im Augenblick nichts Schöneres vorstellen, als hier bei Frau Lindemann zu sein und ihr mit dem Baum zu helfen.

Gemeinsam kletterten sie auf den Dachboden. Thiemo lud sich ein halbes Dutzend Schachteln auf den Arm und kletterte hinter Frau Lindemann wieder die Stufen hinunter.

»Soll ich Ihnen die Schachteln ins Wohnzimmer bringen?«, fragte er.

Wieder runzelte Frau Lindemann die Stirn. Genauso, wie sie es getan hatte, als Thiemo sie nach ihren Büchern gefragt hatte.

»Warum sagst du ›Sie‹ zu mir?«, fragte sie, und in ihre Stimme schlich sich Traurigkeit.

Thiemo schmerzte es, Frau Lindemann so enttäuscht zu sehen. Eigentlich hatte er vorgehabt, den Baum zu schmücken, anschließend die tausend Euro auf den Wohnzimmertisch zu legen und sich aus dem Staub zu machen. Aber mit einem Mal kam ihm das nicht richtig vor. Frau Lindemann tat, als hätte sie auf ihn gewartet. Und sie wurde traurig, weil er sie siezte. Thiemo brachte es nicht übers Herz, ihr noch mehr Kummer anzutun.

»Wie soll ich denn sagen?«, fragte er.

Frau Lindemann legte den Kopf ein wenig schief und erwiderte mit der größten Selbstverständlichkeit der Welt: »Oma natürlich. So machen es doch alle, oder?« Sie schaute ihm in die Augen, und Thiemo schien es, als hätte die alte Dame in sein Herz geschaut und dort jemanden gefunden, der er nicht war, aber zu gern sein wollte: einen netten, hilfsbereiten jungen Mann, der sich um seine Großmutter kümmerte.

Frau Lindemann reichte Thiemo die Kugeln zu, und er stand auf einer kleinen Leiter, nahm ihr den sicherlich uralten Schmuck ab und hängte ihn sorgsam an den Baum. Jedes Mal fragte er: »Ist es so recht?«, und Frau Lindemann erwiderte: »Ganz fabelhaft.«

Zwischendurch berichtete Frau Lindemann aus ihrem Leben, ganz so, wie es Großmütter mit ihren Enkelkindern machen. Sie hatte schon immer auf Sylt gelebt, sie war eine von denen, deren Familiengrab sich auf dem Keitumer Friedhof befand. Sogar einer der großen Kapitänsgrabsteine gehörte ihren Vorfahren.

»Ich liebe die Insel«, erzählte sie. »Aber manchmal wünsche ich mir, ich hätte mehr von der Welt gesehen. So wie du. Du bist jung. Heute reisen die jungen Leute durch die ganze Welt. Sie sind noch keine fünfundzwanzig Jahre alt und haben schon New York, Peking und Moskau gesehen.«

Thiemo nahm ihr eine Kugel ab. »Ich nicht. Ich

war nur einmal in Frankreich. Und außerdem stamme ich ja selbst von der Insel.«

Frau Lindemann nickte. »Natürlich, mein Lieber, das tust du.«

Wieder fragte sich Thiemo, mit wem Frau Lindemann ihn eigentlich verwechselte. Sie hatte ihn noch nicht ein einziges Mal beim Vornamen genannt, aber sie tat, als würden sie einander schon sehr lange kennen. So, als gehörte er zu ihrer Familie. Wenn Thiemo ehrlich war, musste er zugeben, dass ihm das gefiel. Zum ersten Mal, seitdem er auf der Insel war, fühlte er sich gemocht und geborgen. Und er hatte nicht die leiseste Ahnung, woran das liegen konnte. »Kommt Ihre Familie an den Feiertagen?« Thiemo wollte jetzt wirklich wissen, woran er war.

»Du sagst noch immer ›Sie‹ zu mir. Und du stellst merkwürdige Fragen. Ich habe keine große Familie mehr. Immer noch nicht.« Sie lachte ein wenig. So, wie jemand lacht, der bei einer Peinlichkeit ertappt wurde.

»Was haben Sie … äh … was hast du früher gemacht? Ich meine, hier auf der Insel?«

»Ich habe gemacht, was alle gemacht haben. Mein Mann fuhr zur See, und ich habe auf ihn gewartet. Er war bei der Handelsmarine, weißt du. Er war auch einer von denen, die überall auf der ganzen Welt waren. Und ich glaube, das hat ihm nichts Gutes genützt. Auf einmal war er nicht mehr zufrieden mit dem, was er hier auf Sylt hatte. Die Insel wäre ihm zu eng, hat er gesagt. Na ja, und dann ist er gegangen. Heute lebt er in Amerika. Und ich habe seinen Namen abgelegt und trage wieder den meiner Familie. Damals war ich sehr wütend auf ihn, weißt du. Heute kann ich ihn verstehen, ein bisschen jedenfalls. Man muss raus, muss weg von dort, wo man geboren ist. Wenigstens für eine Zeit. So, wie du es gemacht hast. Ich habe jahrelang Wattwanderungen mit den Touristen gemacht. Dabei habe ich Menschen aus der ganzen Welt kennengelernt, und das war ein bisschen so, als würde ich auch etwas von der Welt kennen. So wie du.«

Thiemo runzelte die Stirn. »Aber ich kenne die Welt doch gar nicht. Ich bin nur von Sylt nach Hamburg gezogen und studiere jetzt in Bremen. Viel rumgekommen kann man das wirklich nicht nennen.«

Frau Lindemann reichte ihm die letzte Weihnachtsbaumkugel, danach wickelte sie behutsam eine wunderschöne dunkelblaue Weihnachtsbaumspitze aus hauchdünnem Glas aus, die mit glitzernden Silbersternen übersät war und aussah wie der Himmel in einer sternenklaren Nacht.

Ebenso behutsam nahm Thiemo sie ihr ab. »Die Spitze – hat dein Mann sie mitgebracht?«

Frau Lindemann nickte stolz. »Aus Leningrad, wie es früher hieß. Heute sagt man wohl St. Petersburg.«

Es schien, als habe die Spitze kein Gewicht. Thiemo blickte kurz zu Frau Lindemann, und sie warf ihm einen raschen Blick zu. So, als wäre damit alles gesagt.

Es war ein merkwürdiger Augenblick, und Thiemo dachte daran, von der Leiter zu steigen, Ilse Lindemann das Geld aus dem Automaten zurückzugeben und zu gehen. Das wäre richtig, das wäre das, was er tun sollte. Aber er tat es nicht. Es war einfach zu schön hier in dem alten weißgetünchten Friesenhaus. Er wollte hierbleiben, und er wusste, dass auch Ilse sich nichts anderes wünschte. Sie stand da vor ihm in ihrem Faltenrock und dem dunkelroten Twinset, die grauen Haare ordentlich vom Friseur in Wellen gelegt. Ihre blauen, noch immer klaren Augen blitzten, und ihre Lippen waren zu einem glücklichen Lächeln verzogen. Sie sah aus wie die Großmutter, die Thiemo nie gehabt hatte. Für einen kurzen Augenblick gestattete er sich, sich als ihren Enkel zu fühlen. Nur einmal im Leben wollte er eine Großmutter haben. Eine Großmutter wie Ilse Lindemann. Eine Frau, die nichts von ihm forderte, ihn aber trotzdem mit ihrer Wärme einhüllte wie in eine dicke Decke. Es ist so, dachte Thiemo. Liebe wärmt und macht satt.

Wie viel mehr ihr wohl sein Besuch bedeuten mochte als sein Besuch bei Johannes und den Freunden von der Jacobs-Universität. Aber ohne zuzugeben, was er Ilse gestohlen hatte, würde immer eine Lüge im Raum stehen.

Er seufzte, und Frau Lindemann fragte: »Hast du was, mein Junge?«

Thiemo wollte ansetzen, wollte seine Schuld gestehen. Ja, er fühlte sogar nach den Geldscheinen, die er in seiner hinteren Hosentasche hatte, er hatte schon den Mund geöffnet – da klingelte es an der Tür.

5. Kapitel

Über Ilse Lindemanns Gesicht huschte ein Lächeln. »Ach, das wird Halina sein.«

»Halina?«

»Sie ist vom Pflegedienst. Sie hilft mir mit den Medikamenten und mit den Strümpfen. Ein nettes Mädchen. Sie wird dir gefallen.« Schon hörte Thiemo einen Schlüssel im Schloss, und herein kam ein Mädchen, das sich so dick in seinen Schal gemummelt hatte, dass Thiemo unwillkürlich fragen musste: »Ist es so kalt draußen? Frieren Sie?«

Halina lachte, ihre roten Lippen kräuselten sich, die Mundwinkel glitten nach oben. Dann wickelte sie den Schal ab, schüttelte ihre kurzes braunes, lockiges Haar und erklärte: »Kalt ist es, aber schön! Die Luft ist so klar und rein. Ich kann gar nicht genug davon bekommen.« Dann reichte sie Thiemo die Hand. »Ich bin Halina, die Altenpflegerin, und Sie müssen ein Verwandter sein, nicht wahr?«

Thiemo schüttelte den Kopf, wollte erklären, dass er Ilse Lindemann gerade einen Tag lang kannte, doch die alte Dame schnitt ihm das Wort ab. »Das ist der Junge, von dem ich dir erzählt habe, Halina.«

Thiemo runzelte verdutzt die Stirn. Wie konnte Ilse Lindemann von ihm erzählt haben, wenn sie sich doch gar nicht kannten?

Halina jedoch lachte wieder und sagte: »Ist er endlich gekommen? Sie haben so lange auf ihn gewartet.«

Frau Lindemann erwiderte: »Jetzt ist er gekommen. Ich habe es immer gewusst.« Sie fasste sanft nach Thiemos Arm und streichelte ihn. Dabei blickte sie ihn lächelnd und einfach nur glücklich an, so dass Thiemo gar nicht anders konnte, als ebenfalls zu lächeln.

»Und jetzt mache ich uns erst einmal eine Tote Tante.« Ilse Lindemann klatschte in die Hände und wollte in der Küche verschwinden, doch Halina hielt sie zurück. »Zuerst die Thrombosestrümpfe, liebe Frau Lindemann. Danach das Vergnügen.«

Halina führte die alte Dame behutsam zu deren Lieblingssessel und zog ihr die engen Strümpfe aus.

»Mein Junge, geh du doch in die Küche, und mach uns die Toten Tanten. Du bist ein Sylter Junge, du weißt doch, wie das geht. Aber nicht mit Kaffee, sondern bitte mit Kakao. Bei so viel Aufregung heute kann ich sonst nicht schlafen.«

Thiemo nickte und ging. In der Küche stand er am Fenster und blickte hinaus auf die Schneeflocken. Ilse Lindemanns Vertrauen beschämte ihn. Sie schickte ihn in ihre Küche, und er hatte sie bestohlen. Am liebsten hätte er das Geld in eine der vielen bunten Dosen gesteckt, doch das konnte er nicht. Sie war so freundlich zu ihm gewesen, sie hatte die Wahrheit verdient.

Während er so dastand und verzweifelt und beschämt in den Winterabend hinausblickte, kam Halina in die Küche. »Soll ich dir helfen?«, fragte sie, während sie einen der Küchenschränke öffnete. Sie nahm drei Tassen heraus, goss Milch in einen Topf, mehrere Löffel Kakaopulver dazu, gab einen kräftigen Schuss Rum hinein und sah ihn an. »Wir sagen du, wenn du einverstanden bist.«

Thiemo nickte. Halina lächelte ihn an.

»Woher kommst du?«, fragte er. »Dein Akzent klingt osteuropäisch.«

»Ich komme aus Polen. Eigentlich bin ich Krankenschwester, aber zurzeit arbeite ich als Altenpflegerin.«

»Gefällt dir deine Arbeit?«

Halina lachte. »Natürlich. Ich bin sogar lieber Altenpflegerin als Krankenschwester. Im Krankenhaus hast du so viele Patienten. Manche bleiben nur ein paar Tage. Hier habe ich meine festen Patienten. Ich lerne sie kennen. Wir haben eine ganz andere Bindung zueinander. Bei manchen habe ich fast das Gefühl, ich gehöre zur Familie. So wie bei Ilse Lindemann.«

»Aber du hast doch eine Familie, oder?«

Halina senkte den Blick. »Nein. Ich habe niemanden mehr.«

Thiemo wartete, dass sie weitersprach, aber das tat sie nicht. Sie rührte in dem Topf, und ihr Lächeln schien ein wenig wehmütig.

»Die Tote Tante ist fertig.« Sie goss den mit Rum versetzten Kakao in die drei Tassen, nahm eine Dose Sprühsahne aus dem Kühlschrank und setzte den Toten Tanten großzügige Sahnehauben auf. »Morgen ist der Heiligabend. Da gibt es richtige Sahne. Frisch geschlagen.«

Thiemo nickte, nahm ihr zwei Tassen ab und brachte sie ins Wohnzimmer zu Ilse Lindemann.

Halina erzählte von ihrer Arbeit, und Thiemo fiel auf, dass sie ihre Patienten tatsächlich zu mögen schien. Dann berichtete Thiemo von seinem Studium und der bevorstehenden Abschlussarbeit.

Ilse Lindemann hörte aufmerksam zu. »Du liebst die Insel, nicht wahr?«, fragte sie.

In diesem Augenblick erkannte Thiemo, dass sie recht hatte. Ja, er liebte die Insel, ihre raue und manchmal wilde Schönheit, und er liebte das Meer und den Himmel über dem Meer. Er war ein Sylter Junge, auch wenn er das in den letzten Jahren vergessen hatte. Er war kein Stadtmensch; er war ein Inselmensch, ein Naturmensch.

»Am liebsten würde ich nach dem Studium hier auf der Insel arbeiten«, erklärte er, und in diesem Augenblick war das wirklich sein sehnlichster Wunsch. Ja, er fragte sich sogar, warum er nicht schon früher daran gedacht hatte. Auf Sylt war er zu Hause. Und er wollte mithelfen, dass die Insel so wunderschön blieb, wie sie war.

»Ich auch«, gestand Halina. »Ich würde auch am liebsten für immer hierbleiben. Es ist ein guter Ort für Kinder. Und ein guter Ort für die Seele.«

Für einen Moment wollte Thiemo sich vorstellen, mit Victoria auf Sylt zu leben. Aber in seinem Kopf entstanden dazu keine Bilder. Es war auch eine unmögliche Vorstellung: Victoria in Gummistiefeln am Strand, Victoria bei regnerischem Wetter in einem kleinen engen Friesenhaus.

»Am liebsten bin ich am Strand«, sagte Halina in

diesem Augenblick. »Und am allerliebsten würde ich gern mit Ihnen, Frau Lindemann, einmal eine Wattwanderung machen.«

Ilse lachte. »Das tun wir. Im Frühjahr, wenn die Vögel auf die Insel kommen. Das verspreche ich dir.« Sie wandte sich zu Thiemo und legte ihm wieder eine Hand auf den Unterarm. »Am schönsten wäre es, wenn du auch dabei sein könntest.«

Thiemo nickte, in diesem Augenblick fest davon überzeugt, dass dieser Wunsch wahr werden könnte. Doch als er an das Geld in seiner Tasche dachte, wurde er schamrot und war überzeugt davon, niemals mit Halina und Ilse Lindemann durch das Watt zu wandern.

Später brachte Thiemo Halina nach Hause. Sie redeten auf diesem Weg nicht viel miteinander. Halina nahm Thiemos Hand, und es fühlte sich gut und richtig so an.

Beim Abschied küsste sie Thiemo sanft auf die Wange. »Es war ein schöner Abend«, sagte sie. »Danke, dass du mich begleitet hast. Ich hoffe, wir sehen uns morgen wieder.«

Morgen. Morgen war Heiligabend. Eigentlich sollte Thiemo mit Johannes, Victoria und den anderen feiern. Schließlich sollte es Gans geben. Aber jetzt erschien ihm diese Aussicht fahl und öde. Viel lieber würde er bei Ilse Lindemann im Wohnzimmer sitzen und mit ihr und Halina plaudern. So wie heute. Ilse hatte ihm zu verstehen gegeben, dass sie ihn sehr gern bei sich hätte, aber Thiemo hatte dazu geschwiegen.

»Ich … ich weiß nicht, ob ich morgen kommen kann«, sagte er leise.

»Warum nicht? Bist du nicht auch für Frau Lindemann auf die Insel zurückgekehrt?«

Thiemo zögerte mit einer Antwort. Was sollte er sagen? Dass er die alte Dame eigentlich gar nicht kannte und keine Ahnung hatte, mit wem sie ihn verwechselte? Dass er sich quasi in ihr Haus eingeschlichen hatte? Und dass er ihr eigentlich Geld gestohlen hatte?

»Warum sagst du nichts? Sie hat sich so auf dich gefreut.«

Jetzt konnte Thiemo nicht mehr an sich halten.

»Aber sie kennt mich doch gar nicht!«, entfuhr es ihm.

Halina legte ihre warme, weiche Hand an seine Wange. »Vielleicht kennt sie dich anders als früher. Aber dein Herz wird dasselbe geblieben sein.«

Allmählich verstand Thiemo gar nichts mehr. »Wieso denn von früher?«

Halina lachte. »Sie hat gesagt, dass du ein bisschen eigensinnig bist. So wie dein Vater. Aber mir gefällst du so, wie du bist.« Mit diesen Worten verschwand Halina in dem Haus, und kurz danach gingen im ersten Stock zwei Lichter an.

Thiemo stand noch immer da, blickte zu den Fenstern hinauf und konnte nicht aufhören, sich zu wundern.

Langsam begab er sich, noch immer in Gedanken versunken, zur Bushaltestelle und fuhr nach Kampen. Als er schließlich an der Whiskeymeile stand, stellte er fest, dass er noch nicht zu den anderen gehen wollte. Also schlenderte er den Strönwai entlang und blieb vor dem Schaufenster stehen, in dem der grüne Kaschmirpullover lag. Nein, gelegen hatte. Denn jetzt war er verschwunden, und an seiner Stelle stand dort ein prächtiger Weihnachtsstern.

Thiemo erschrak. Er hätte den Pullover nicht gekauft. Nicht heute, nicht morgen. Er hatte sich schon lange dafür entschieden, das Geld seiner Besitzerin zurückzugeben. Trotzdem schmerzte ihn etwas. Es war, als hätte er eine gute Chance ausgeschlagen, eine Möglichkeit zu etwas, was mehr wert schien als der grüne Pullover.

Unwillkürlich kam ihm der Gedanke, dass es

Johannes gewesen sein musste, der das gute Stück gekauft hatte. Und wenn es so war, dann – das war Thiemo klar – war Victoria für ihn gänzlich verloren.

6. Kapitel

Die Freunde waren noch wach. Marten und Maja hockten auf dem Sofa in dem riesigen Wohnzimmer und teilten sich eine Tüte Haschisch. Johannes hing in einem Sessel, die Beine lässig über die Lehne geschwungen, Annabelle lackierte sich die Fingernägel, und Victoria blätterte in einem Hochglanzmagazin.

Als er zur Tür hereinkam, blickte sie kurz auf. »Wo warst du eigentlich die ganze Zeit?«, fuhr sie ihn an. »Du hast uns den Abend verdorben.«

»Ich?« Thiemo hatte nicht gewusst, dass es ihm möglich war, den anderen irgendetwas zu verderben.

»Wir wollten in die Kupferkanne, aber Johannes hat darauf bestanden, dass wir hier auf dich warten.« Victoria blickte auf ihre pompöse Uhr, die im Kerzenlicht glänzte und glitzerte. »Und nun ist es zu spät. Die Kupferkanne wird rappelvoll sein.«

»Das tut mir leid«, erklärte Thiemo. »Ich wusste nicht, dass ihr hier wartet.«

Johannes winkte ab. »Ist schon gut. Wir haben sicher nicht viel verpasst.« Er gähnte. »Ich glaube, ich gehe jetzt ins Bett. Wird wohl Zeit, dass ich endlich mal wieder ausschlafe.« Er deutete auf den Weihnachtsbaum. »Schließlich wird morgen ein großer Tag werden.« Sein Blick wanderte zu Victoria. »Du freust dich doch schon, oder?«

Victoria verzog den Mund. »Hau ab, du Spinner!«, sagte sie und erhob sich ebenfalls. »Steht noch etwas auf dem Programm?«, fragte sie und blickte Thiemo an. »Ganz gleich, wo du warst, hast du wenigstens eine lustige Geschichte mitgebracht?«

Thiemo schüttelte den Kopf und hob bedauernd die Schulter.

»Dachte ich mir!« Victoria warf ihr langes Haar über die Schulter und verließ das Wohnzimmer, gefolgt von Marten und Maja, die unablässig kicherten.

Annabelle pustete auf ihre Fingernägel. »Tja, ich hoffe, du lässt mich jetzt hier nicht ganz alleine. Ich muss noch mindestens eine Stunde warten, bis der Lack richtig durchgetrocknet ist. Du leistest mir doch Gesellschaft, oder?« Annabelle wedelte mit beiden Händen und blickte Thiemo bittend an.

Thiemo nickte, obgleich er müde war.

»Gefällt dir die Farbe?«, fragte Annabelle.

»Welche Farbe?« Thiemo sah sich verdutzt im Raum um.

»Mein Nagellack.«

»Ach so. Ist es nicht derselbe wie immer?«

Annabelle lachte. »Bis vorhin hatte ich ›Brombeere‹, und jetzt trage ich ›Granatapfel‹.«

»Ja. Schön. Gefällt mir.«

Dann schwiegen sie eine Weile, aber es war ein drückendes Schweigen, bei dem Thiemo die ganze Zeit überlegte, was er Annabelle fragen könnte.

Schließlich war es Annabelle, die das Schweigen brach.

»Was willst du eigentlich machen, wenn das Studium vorbei ist?«, fragte sie. »Du studierst doch Geowissenschaften, oder?«

Thiemo nickte. »Ich möchte zurück auf die Insel und beschäftige mich in meiner Abschlussarbeit mit dem Sandabtrag«, erklärte er. »Es muss Renaturierungsmöglichkeiten geben, die verhindern, dass bei jedem Sturm die Insel ein wenig kleiner wird.«

»Aha.« Annabell pustete wieder auf ihre Fingernägel. Doch sie wirkte nicht gelangweilt.

»Und was willst du machen?«

Annabelle zuckte mit den Schultern. »Eigentlich wollte ich Mode studieren. Aber meine Eltern wollen das nicht. Sie erwarten, dass ich eines Tages die Bank übernehme. Und wenn nicht ich, dann bräuchte ich wenigstens einen Ehemann, der dazu in der Lage ist. Ich glaube, das war der einzige Grund, weshalb sie mich auf die Jacobs-Universität zum BWL-Studium geschickt haben.«

»Gibt es keine Möglichkeit, dass du deinen Traum vielleicht doch noch erfüllen kannst?«

Annabelle zuckte wieder mit den Schultern. »Bestimmt nicht. Und es ist ja jetzt auch egal. Wahrscheinlich wäre ich in einer Änderungsschneiderei gelandet, wenn ich Mode studiert hätte. So habe ich wenigstens die Annehmlichkeiten, die einer Bankchefin zustehen. Mein Vater wird bestimmt noch zwanzig Jahre arbeiten; ich kann also nicht allzu viel falsch machen. Und wenn ich Glück habe, lerne ich einen begabten Banker kennen, der mir ein paar Kinder macht. Und wenn die dann in der Schule sind, kann ich mir ja immer noch eine eigene Kollektion ausdenken und eine Boutique an der Alster aufmachen.«

Thiemo nickte. Zum ersten Mal stellte er fest, dass auch seine Freunde nicht nur ein leichtes Leben hatten. Da gab es Traditionen, familiäre Verpflichtungen und Firmenkonstrukte, die berücksichtigt werden mussten.

»Und Victoria?«, fragte er. »Weißt du, was sie machen wird?«

»Sie ist die einzige Tochter, genau wie ich. Sie wird sich in der Firma ihres Vaters einbringen müssen oder eben heiraten.« Sie pustete wieder auf ihre lackierten Nägel. »Johannes würde gut in ihre Familie passen. Er hat das Zeug dazu, eine Firma zu leiten. In seiner eigenen Familie kommt er nicht weiter. Er ist der dritte Sohn.«

Thiemo nickte erstaunt. Er verstand, was Annabelle sagte. Plötzlich begriff er auch, warum seine Freunde schon jetzt ein wenig zynisch waren und warum sie so nach Spaß gierten. Sobald sie ihr Studium fertig hatten, war ihr Leben vorgezeichnet, ohne Raum für Träume oder Ausbrüche. Wie musste sich das anfühlen?

Er stand auf.

»Jetzt lässt du mich ja doch allein«, sagte Annabelle.

»Ich bin müde«, erwiderte Thiemo.

»Gehst du auch, wenn ich dir ein Geheimnis verrate?«

Thiemo setzte sich wieder. Nicht weil er so neugierig war, sondern weil er die Not in Annabelles Stimme erkannt hatte.

»Johannes war heute auf der Whiskeymeile,

und …« Sie hob einen der frischlackierten Finger und zeigte damit auf Thiemo. »Rate, was er dort gemacht hat.«

Thiemo wollte die Schultern zucken. Er wusste es nicht, und im Grunde interessierte es ihn auch nicht so besonders. Aber dann fiel es ihm ein: »Er hat für Victoria den Pullover gekauft.«

Annabelle nickte bedeutungsschwer. »Was sagst du dazu?«

»Was soll ich dazu sagen? Er wird schon wissen, warum er das gemacht hat. Woher weißt du das überhaupt?«

»Zufällig war ich auch auf dem Strönwai.« Annabelle wurde ein wenig rot bei diesen Worten.

Mit einem Schlag begriff Thiemo alles. »Du bist verliebt in Johannes, und deshalb bist du ihm heimlich gefolgt«, stellte er fest. »Johannes wäre nicht nur der passende Ehemann für Victoria, sondern auch für dich. Du bist wegen ihm hier.«

Was hatte Thiemo erwartet? Dass sie nickte? Er hatte keine Ahnung. Aber nie im Leben hatte er erwartet, dass Annabelle zu weinen begann. Sie schluchzte mit bebenden Schultern, während ihr die Tränen über die Wangen liefen.

Thiemo setzte sich neben sie, legte ihr den Arm um die Schulter. »Er ist nicht der Einzige«, sagte er.

»Für mich schon«, flüsterte Annabelle und schmiegte sich an ihn. »Ich war so froh, als Victoria mit dir geflirtet hat. Ich dachte, dass sie Johannes nun in Ruhe lässt, wenn sie dich hat. Und nun das! Die Ferien hier sind ein einziger Reinfall.«

7. Kapitel

Als er am Morgen in das Esszimmer kam, saßen alle anderen schon beim Frühstück. Thiemo hatte noch lange wach gelegen, er hatte über Annabelle und vor allem über Halina nachgedacht. Sie hatte ihm gefallen wie lange kein Mädchen vor ihr. Sie war nicht spektakulär, sie war wie er. Und er fand sie attraktiv, sie war beileibe nicht so schön wie Victoria, aber sehr anziehend: das ungeschminkte Gesicht, die kurzen dunklen Locken, die ein wenig zerzaust wirkten.

»Was liegt heute an?«, fragte er, dabei wollte er es gar nicht wissen. Insgeheim zählte er die Stunden, bis er endlich nach Westerland fahren konnte.

»Es ist Heiligabend!«, fauchte Victoria. »Ich hoffe, das hast du nicht vergessen. Wir wollen zusammen feiern.«

»Gemeinsam?« Thiemo hatte das vollkommen verdrängt. Er hatte sich vorgenommen, am Nachmittag zu Ilse Lindemann zu gehen. Dort wollte er später auch Halina treffen, und gemeinsam wollten sie die alte Frau in die Kirche zur Mitternachtsmette begleiten und zuvor den Weihnachtspunsch bei ihr trinken.

»Natürlich. Was hast du denn gedacht? Immerhin hast du eine Gans gebraten.«

In diesem Augenblick fiel Thiemo siedend heiß ein, dass er noch keine Geschenke für Halina und Ilse Lindemann hatte. Hektisch blickte er auf seine Uhr. Es war Glockenschlag zehn Uhr.

»Wie lange haben die Geschäfte heute auf?«, wollte er wissen.

Johannes gähnte, dann antwortete er: »Die meisten bis zwölf Uhr, einige auch bis vierzehn Uhr. Ich dachte, du hättest schon alles. Wir hatten ja vereinbart, dass wir uns nichts schenken. Also nicht jeder jedem, sondern nur demjenigen, den man am liebsten mag.« Er grinste dabei und sah von einem zum anderen.

Marten und Maja erwiderten das Grinsen, Annabelle blickte schamrot auf ihre Fingernägel, und Victoria schaute stolz und selbstsicher in die Runde.

Wie grauenvoll!, dachte Thiemo. Arme Annabelle!

»Ich muss noch einmal los.« Thiemo nahm sich

ein trockenes Brötchen aus dem Korb, trank seinen Kaffee im Stehen und ging. Er fuhr mit dem Bus nach Westerland. Das, was er kaufen wollte, gab es in Kampen nicht. Er wollte »richtige« Geschenke. Geschenke, die etwas aussagten und nicht nur viel kosteten.

Gleich im allerersten Geschäft fand er für Halina eine warme Mütze. Sie war aus blauer Wolle und mit kleinen silbernen Sternen verziert. Er lächelte, als er sich vorstellte, wie ihre braunen Locken darunter hervorguckten. Dann begab er sich in eine Parfümerie und suchte für Annabelle einen Nagellack aus. Merkwürdigerweise hatte er sich die Namen ihrer beiden Lacke gemerkt: Granatapfel und Brombeere. Jetzt kaufte er ihr einen Nagellack, der Red Beauty hieß, und hoffte, dass er Annabelle gefallen würde. Dann war da noch Ilse Lindemann. Für sie suchte er besonders sorgfältig und entschied sich schließlich für eine Schachtel handgemachter Pralinen. Dann erstand er noch für jeden seiner Freunde einen Schokoladenweihnachtsmann und fuhr zurück nach Kampen.

Er hatte nicht auf die Uhr gesehen und wunderte sich deshalb, warum die Freunde alle in der Küche standen und wie gebannt durch das Backofenfenster schauten.

»Was macht ihr da?«, wollte er wissen.

»Es ist Mittag. Wir braten die Gans«, erklärte Victoria.

Thiemo hörte den vorwurfsvollen Ton in ihren Worten. Er öffnete den Backofen und holte die Gans heraus. »Sie muss noch gefüllt werden. Es gibt sie erst heute Abend.«

»Pah! Heute Abend. Wer weiß, ob ich dann noch Lust auf eine Weihnachtsgans habe.« Victoria warf den Topflappen auf die Anrichte und ging ins Wohnzimmer. Dort setzte sie sich neben Maja auf das Sofa und kommentierte ein Xbox-Spiel.

Johannes betrachtete Thiemos Einkaufstüten. »Sind da Geschenke drin?«, fragte er.

Für einen Augenblick wusste Thiemo nicht, was er sagen sollte. Wenn er die Frage bejahte, würde er erklären müssen, für wen er etwas eingekauft habe. Und wenn nicht, wäre es unhöflich.

»Ein paar Kleinigkeiten nur«, erwiderte er vage.

Johannes nickte. »Wegen des grünen Pullovers …«, setzte er an, doch Thiemo unterbrach ihn. »Der Pullover ist mir egal.« Er sah zu Boden, bemerkte Annabelle neben sich. »Es macht keinen Spaß, sich die Geschenke vorschreiben zu lassen. Und außerdem kann ich mir so einen teuren Pullover nicht leisten.«

Johannes schlug ihm spielerisch auf die Schulter und begann zu lachen. »Mut hast du ja, das muss man dir lassen.«

Thiemo blickte ihm hinterher. Wieso Mut? Gehörte wirklich Mut dazu, sich Victorias Wünschen zu widersetzen?

Annabelle räusperte sich. »Dir ist schon klar, dass du Victoria heute verlieren wirst?«, fragte sie.

Thiemo lächelte, er dachte an Halina und an die blaue Mütze und gab zurück: »Wie kann man etwas verlieren, was man niemals hatte?« Er ging in sein Zimmer und wickelte seine Geschenke behutsam in blassgrünes Seidenpapier und band feuerrote Schleifen darum.

Am Nachmittag begann es wieder zu schneien. Die Dämmerung legte sich auf die Insel wie ein schützendes weiches Tuch. Überall in den Vorgärten sah man Weihnachtsbäume leuchten. Thiemo stand in der Küche. Er hatte die Gans gefüllt und gebraten, jetzt musste er sie nur noch mit einer Mischung aus Honig und Orangensaft glasieren. Die anderen hatten sich schon im Wohnzimmer versammelt.

Victoria kam zu ihm in die Küche, küsste ihn. »Ich bin ganz aufgeregt, weißt du das?«, sagte sie mit Kleinmädchenstimme.

»Warum bist du aufgeregt?«

»Na ja, es ist Weihnachten, und gleich gibt es Geschenke. Darum geht es doch an Weihnachten. Um die Geschenke.« Sie sah, wie Thiemo ein wenig den Mund verzog. »Sag mir bloß nicht, dass es anders ist.« Dann schlang sie beide Arme um seinen Hals. »Werde ich heute Abend das schönste Mädchen sein?« flüsterte sie.

»Ja. Das wirst du. Du wirst am schönsten von allen aussehen.« Er meinte, was er sagte.

Victoria schmiegte sich noch enger an ihn. »Ich wusste, dass du mich verstehst. Wann beginnt die Bescherung?«

»Ich weiß es nicht«, erwiderte Thiemo. »Aber ich hoffe, bald, denn ich muss nachher noch einmal weg.«

Schlagartig löste sich Victoria von ihm. »Wohin gehst du eigentlich dauernd?«, fragte sie empört.

»Freunde auf der Insel«, antwortete Thiemo ausweichend. »Leute, die ich von früher kenne.«

»Aber du bist mit uns hier. Es ist unhöflich, uns ständig allein zu lassen.«

»Da hast du recht«, gab Thiemo zu. »Auch wenn ich nicht den Eindruck habe, dass ihr mich vermisst. Aber die anderen sind mir sehr wichtig.«

»Wichtiger als wir? Wichtiger als ich?« Victoria klapperte mit den Augenlidern und zog einen Schmollmund.

Plötzlich musste Thiemo lachen.

»Warum lachst du?«, wollte Victoria eingeschnappt wissen.

Thiemo beruhigte sich langsam, beugte sich zu ihr und küsste sie auf die Wange. »Nur so«, sagte er. »Einfach nur so.«

In Wirklichkeit aber hatte er in diesem Augenblick begriffen, wie Victoria dachte. Monatelang war sie ihm ein Rätsel gewesen, doch nun lag ihr Wesen so offen vor ihm, dass er sich wunderte, wieso er sie nicht schon früher durchschaut hatte. Victoria wollte etwas haben. Bekam sie es nicht, wurde es immer wertvoller. Hatte sie es, verlor es an Wert. Das hatte Thiemo am eigenen Leib erfahren. Als er sie angehimmelt hatte, hatte sie sich selten um ihn geschert, aber nun, da er für sie nicht mehr jederzeit verfügbar war, stieg er im Wert.

»Geschenke, Geschenke, Geschenke!«, tönte es aus dem Wohnzimmer.

Thiemo schaltete den Herd herunter, wusch sich die Hände und folgte Victoria ins Wohnzimmer. Dort saßen sie alle: Johannes, Marten, Maja, Annabelle und Victoria und sahen ihn an, als warteten sie auf etwas.

In der Mitte des Tisches stand eine große Schale mit Plätzchen, und Thiemo stellte die Weihnachtsmänner hinzu. Die anderen sahen ihn wortlos an.

»Was ist?«, wollte er wissen. »Was schaut ihr alle so?«

Annabelle räusperte sich. »Was passiert jetzt?« Und da begriff Thiemo noch etwas: Sie hatten wirklich alle keine Ahnung von Weihnachten. Er war der Einzige von ihnen, der keinen Vater hatte, doch seiner Mutter war es bisher in jedem Jahr gelungen, Weihnachten zu einem richtigen Fest zu machen. Er hätte nie gedacht, dass das so schwierig sein könnte, aber offensichtlich war es das.

»Wenn du denkst, ich sage ein Gedicht auf, dann hast du dich getäuscht«, verkündete Victoria, doch ihre Stimme klang irgendwie matt.

»Was möchtet ihr tun? Soll jemand die Weihnachtsgeschichte aus der Bibel vorlesen? Wollt ihr Musik hören? Dort steht ein Klavier. Wollt ihr etwas spielen?«

Die anderen blickten sich an, bis Johannes schließlich abwinkte. »Ich glaube, zu viel Feierlichkeit bringt uns um. Wir sind das nicht gewöhnt. Wir verteilen jetzt die Geschenke, und danach essen wir die Gans und trinken Rotwein.«

Er stand auf und musterte die kleinen Päckchen, die unter dem Weihnachtsbaum verstreut lagen. Dann hob er das erste auf. »Maja«, las er auf dem Schild und überreichte es ihr.

Sie kicherte aufgeregt, schüttelte das Päckchen, roch daran, dann riss sie das Papier auf und brachte eine Handyhülle aus rotem Safianleder zum Vorschein. Sie presste die Hülle an ihr Herz, beugte sich zu Marten und gab ihm einen Kuss. »Die schönste Hülle, die ich je hatte«, sagte sie leise, und jeder wusste, dass das vielleicht nicht unbedingt der Wahrheit entsprach, doch das war gleichgültig.

Johannes nahm das zweite Päckchen in die Hand und reichte es Marten. Und Marten packte einen wundervollen blauen Kaschmirschal aus und küsste Maja dafür.

Victoria rutschte auf ihrem Sessel hin und her. »Jetzt mach schon«, rief sie und beugte sich nach vorn.

Johannes nahm ein weiteres Päckchen, sehr klein, so dass Victoria – annehmend, es wäre sicher nicht für sie – den Mund verzog. »Annabelle«, las Johannes vor und reichte es dem Mädchen. Sie packte den Nagellack aus und sah fragend in die Runde. Dann wandte sie sich an Johannes: »Von dir?« Er schüttelte den Kopf. Annabelle sah verlegen auf das kleine Fläschchen in ihrer Hand und dann zu Thiemo.

»Danke schön!«, sagte sie leise, und auf ihrem Gesicht erblühte ein Lächeln.

Wieder nahm Johannes ein kleines Paket, reichte es Thiemo. »Für dich«, sagte er.

Thiemo packte es unwillig aus. Unwillig, weil er kein Geschenk haben wollte. Es kam eine silberne Geldklammer zum Vorschein. Er lachte. »Für mich? Eine Geldklammer? Was in aller Welt soll ich dahinein klemmen?«

Er blickte zu Victoria, die einen Schmollmund zog.

»Es wird ja hoffentlich nicht mehr allzu lange dauern, bis du die Klammer brauchst. Und Johannes bekommt im Übrigen dieselbe. Von Annabelle und mir zusammen.«

Es war ein so sinnloses Geschenk, dass Thiemo vor Mitleid mit Victoria beinahe die Tränen kamen. Er hatte sich verändert. Nein, er war immer er gewesen, doch es hatte eine Zeit gegeben, in der er das vergessen hatte. Und jetzt fiel es ihm wieder ein. Ja, er war anders als seine Freunde. Er passte nicht hierher. Er mochte sie alle auf ihre Art, aber er gehörte nicht dazu. Und – und das war vielleicht das Wichtigste – er wollte auch nicht dazugehören.

Er nahm die Klammer in die Hand, betrachtete

sie, dann gab er Victoria einen Kuss auf den Scheitel. »Danke schön«, sagte er. »Diese Klammer wird mich immer an dich erinnern.«

»Wie du das sagst!«, beschwerte sich Maja. »Sie ist aus echtem Silber. Wir haben lange gesucht, um das Passende für dich zu finden.«

Thiemo blickte zu Victoria und dann zurück auf die Klammer. »Ich weiß«, sagte er leise. »Ihr habt euch wirklich viel Mühe gegeben.«

Dann lagen nur noch zwei Geschenke unter dem Baum. Beide waren ziemlich klein und schmal. Viel zu klein und zu schmal für einen Kaschmirpullover.

Unvermittelt stand Victoria auf und verließ das Zimmer. Sie knallte nicht mit der Tür und hieb ihre Absätze auch nicht in den Boden. Sie ging still und leise, und alle sahen ihr nach, aber keiner erhob sich und folgte ihr.

»Tja«, sagte Johannes nach einem kurzen Schweigen. »Das eine Geschenk ist tatsächlich für Victoria.« Er hob es auf, schüttelte es und lauschte auf das feine Knistern. Dann wandte er sich an Thiemo. »Ist es von dir?«

Thiemo nickte.

»Und der Pullover?«, fragte Annabelle.

Thiemo schüttelte den Kopf. »Wie du ja weißt, habe ich ihn nicht gekauft.«

Annabelle blickte zu Johannes, aber auch der schüttelte den Kopf. »Ich weiß von nichts.«

Annabelle zog die Augenbrauen hoch. »Aber er lag doch nicht mehr im Schaufenster. Wir haben gestern extra noch einmal nachgesehen. Und du bist aus dem Laden herausgekommen. Mit einer Tüte!«

8. Kapitel

Er hatte die Freunde allein gelassen. Victoria war nicht mehr zu den anderen zurückgekehrt. Maja und Marten hatten sich zurückgezogen, und nur Annabelle und Johannes waren unter dem Weihnachtsbaum geblieben. Thiemo hatte sich angezogen und war zum Bus gegangen.

Nun fuhr er durch die verschneite Landschaft, die im Scheinwerferlicht funkelte und glitzerte, und dachte an die beiden Geschenke, die unter dem Baum liegengeblieben waren. In dem einen war sein Geschenk für Victoria. Er hatte sich dazu entschlossen, ihr doch die Mappe mit den Fotografien und den Rilke-Gedichten zu schenken. Vor ein paar Tagen war ihm dieses Geschenk noch so passend erschienen, doch heute kam es ihm wie ein Abschied vor. Ja. So war es auch. Niemand hatte es laut ausgesprochen, aber heute Abend hatte sich Thiemo von seinen Freunden verabschiedet. Er glaubte, dass zumindest Annabelle und Johannes es gespürt hatten.

Das andere Geschenk unter dem Baum war von Victoria und Annabelle für Johannes. Thiemo hatte ihn gefragt, draußen in der Küche, als er die Gans aus dem Ofen geholt und Johannes eine Flasche Rotwein entkorkt hatte. »Warum hast du es nicht aufgemacht?« Johannes hatte erwidert: »Weil Weihnachten ist.«

Thiemo hatte verstanden, dass Johannes sich fürchtete. Nicht vor dem Geschenk, sondern davor, was damit verbunden war. Johannes wollte mit niemandem verbunden sein, nicht einmal durch ein kleines Weihnachtsgeschenk. Er hatte Annabelle damit traurig gemacht, doch das nahm er in Kauf. Thiemo hatte das alles ohne Worte verstanden und war traurig darüber geworden. »Du bist ein guter Typ«, hatte er zu Johannes gesagt, doch Johannes hatte nur schief gegrinst. »Du auch, Thiemo, und das meine ich wirklich so«, hatte er erwidert und war mit der Rotweinflasche zurück ins Wohnzimmer gegangen.

Der Bus hielt in Westerland am Bahnhof. Thiemo stieg aus. Er sah sich um. Aus allen Fenstern strahlte sanftes, gelbes Licht, malte goldene Tupfen auf den weißen Schnee. Es war, als wären ein paar Sterne vom Himmel gefallen.

Plötzlich zog eine Art Weihnachtsfrieden in Thiemos Herz. Langsam begab er sich zu Frau Lindemanns Haus. Er bog um die Ecke, ein erwartungsvolles Lächeln im Gesicht, da sah er, wie bei Frau Lindemann die Haustür aufging. Ein Mann trat ins Freie, beugte sich zu Frau Lindemann und küsste sie auf die Wange. Dann stieg der Mann in ein Auto, und als er an Thiemo vorüberfuhr, sah er nur, dass der Mann dichtes dunkles Haar hatte und sich eine Zigarette anzündete. Wer war das?

Thiemos Schritte stockten. Sollte er wirklich zu Frau Lindemann gehen? Was wollte er eigentlich dort? Sie war eine fremde Frau. Und augenscheinlich hatte sie eine eigene Familie, auch wenn sie nie darüber gesprochen hatte.

Mit einem Mal war der Weihnachtsfrieden verschwunden. Thiemo stand sehr einsam auf der Straße, konnte weder vor noch zurück, wusste nicht, was er denken oder fühlen sollte. Da war nicht nur die Tatsache, dass er plötzlich nicht mehr wusste, ob er willkommen war. Da waren auch die tausend Euro, die noch immer in seiner Hosentasche brannten. Er hatte eigentlich gehofft, dass sich heute Abend eine Gelegenheit ergeben würde, Frau Lindemann das Geld zurückzugeben, doch mit einem Schlag hatte ihn jeder Mut verlassen. Vielleicht, dachte er traurig, war es an der Zeit sich einzugestehen, dass er allein war. Vielleicht waren die Stunden in dem kleinen weißen Friesenhaus nur dazu da gewesen, damit er sich hinterher noch einsamer fühlte. Als Strafe gewissermaßen.

Er sah sich um. Die Straße war leer, aber hinter den Fenstern glitzerten die Weihnachtsbäume. Der Tag der Freude.

Plötzlich wusste Thiemo, was er zu tun hatte. Er nahm die hübsch eingewickelten Pralinen aus seinem Rucksack, öffnete das Papier an einer Stelle und schob behutsam die zehn Hundert-Euro-Scheine heraus. Dann nahm er das andere Päckchen mit der Mütze für Halina heraus, schrieb mit schwarzem Filzstift den Namen des Mädchens darauf und näherte sich mit festen Schritten dem kleinen weißen Friesenhaus. Er würde die Päckchen in den Briefkasten stecken und sich danach davonschleichen. Er würde hinunter zum Strand gehen, ein paar Stunden dort sitzen bleiben und nachdenken. Dann würde er zurück nach Kampen fahren, mit Johannes Rotwein trinken und ins Bett gehen. Am nächsten Tag würde er seine Sachen packen, würde zum Leuchtturm gehen, zum Langen Christian, und dort wahrscheinlich allein wie ein Idiot in der Kälte stehen. Er glaubte nicht mehr daran, dass dort jemand auftauchte.

Nein, die Welt war nicht voller Wunder und Überraschungen. Nicht einmal mehr an Weihnachten. Und dann, wenn er lange genug gewartet hatte, würde er zurück nach Westerland fahren und von dort auf das Festland. Wenn er Glück hatte, wäre er am Abend vielleicht schon in Hamburg bei seiner Mutter. Sie würde keine Fragen stellen, und in den nächsten Tagen würde er für seine Seminare lernen und Anfang Januar zurück nach Bremen an die Uni gehen.

Er seufzte, blickte noch einmal wehmütig zu dem kleinen weißen Friesenhaus. Er sah, dass Ilse Lindemann die Lichter am Tannenbaum angezündet hatte. In der Küche auf dem Herd brodelte wahrscheinlich schon der Weihnachtspunsch. Es würde nach Tannennadeln und Kerzen riechen, nach Rotwein und Gemütlichkeit. Jeder Schritt fiel Thiemo schwer. Jeder Schritt war wie ein kleiner Abschied, aber endlich hatte er die Pforte erreicht. Sie quietschte leise, das war ihm bisher nicht aufgefallen.

Kurz fragte er sich, ob Ilse ein wenig Öl hatte, damit er die Tür pflegen konnte, doch dann erinnerte er sich wieder daran, warum er hier war. Er öffnete die Briefkastenklappe und steckte zuerst das weiche Päckchen mit der Mütze hinein. Dann versuchte er es mit den Pralinen, aber die Schachtel war zu groß!

Was sollte er jetzt tun? Das Päckchen einfach auf die Schwelle legen? Mit dem ganzen Geld darin? Was, wenn jemand kam und das Päckchen an sich nahm?

Unschlüssig stand Thiemo da, die Pralinen in der Hand. Da öffnete sich die Tür, und Frau Lindemann stand vor ihm. Sie trug ein graues Twinset und hatte sich zur Feier des Tages eine Perlenkette umgelegt. Ihr Haar war frisch onduliert. Sie strahlte über das ganze Gesicht.

»Mein lieber Junge«, sagte sie. »Da bist du ja. Ich habe schon auf dich gewartet. Komm doch rein!«

Sie nahm ihn beim Arm, zog ihn durch den Korridor in das warme, gemütliche Wohnzimmer. Und Thiemo sah, dass der Esstisch für drei Personen gedeckt war.

»Ich wollte nicht stören«, stammelte er und deutete auf den Tisch. »Es war ja auch gerade schon Besuch da.«

»Den Tisch habe ich für uns gedeckt. Für Halina, für dich und für mich. Und der Besuch, ja, der Besuch, das war mein Sohn.« Sie lachte ein wenig. »Er kommt sehr selten. Viel zu tun, viel Arbeit, viel Stress. Aber er ruft jede Woche an.« Sie lachte leise. »In Zukunft werde ich ihn hoffentlich wieder öfter sehen.«

Sie führte Thiemo, der das Geschenkpaket mit

den Pralinen wie einen Topf siedendes Öl in der Hand hielt, ins Wohnzimmer, aber nicht zum Esstisch. Ilse Lindemann setzte sich in den bequemen Sessel, und Thiemo nahm ihr gegenüber Platz.

»Hattest du einen angenehmen Tag?«, fragte sie.

Thiemo knetete mit der rechten Hand den Saum seines Pullovers und fingerte an dem Päckchen herum. »Ja. Es ging einigermaßen«, erwiderte er und hatte keine Ahnung, was er mit dem Päckchen machen sollte. Die Scheine brannten durch das Papier hindurch, und er konnte regelrecht vor sich sehen, wie sich Ilses Gesicht verdunkelte und traurig wurde.

»Willst du dein Geschenk nicht unter den Baum legen?«, fragte sie.

Thiemo erschrak. Unter den Baum? Damit Ilse es vor Halinas Augen auspackte? Nein. Niemals. Alles, nur das nicht. Was er mit der alten Dame zu regeln hatte, musste er jetzt tun. Hier und jetzt.

»Wann kommt Halina?«, fragte er.

Ilse Lindemann zuckte mit den Schultern. »Es hängt nicht von ihr ab. Sie muss zu ihren Patienten. Und so wie ich sie kenne, nimmt sie sich heute für jeden ein bisschen mehr Zeit. Sie weiß ja, dass ich nicht allein hier sitze.«

Thiemo strich sich mit der Hand über die Stirn. Er räusperte sich. Rutschte nach vorn auf die Sesselkante. Dann atmete er ganz tief ein und reichte Oma Ilse das Päckchen.

»Für mich?«, fragte sie.

Thiemo nickte, sein Hals war wie ausgetrocknet. Er hätte jetzt alles für ein Glas Wasser gegeben, aber er wagte kaum zu atmen.

Regelrecht zusammengekrümmt unter Scham und Schuld blickte er auf den Boden, während Ilse Lindemann das Geschenk auspackte. Sie öffnete das Papier, und schon hörte Thiemo die Geldscheine rascheln. Er hielt den Atem an und schloss die Augen. Gleich würde sie aufspringen und ihn auffordern zu gehen. Sie würde sagen, wie enttäuscht sie wäre und dass sie ihm so etwas niemals zugetraut hätte. Gleich. Sie hatte bestimmt schon den Mund geöffnet – doch sie blieb stumm.

Thiemo schnappte nach Luft, öffnete die Augen einen Spalt. Und da sah er sie sitzen, und sie lächelte ihn an, und in ihren Augen glänzten Tränen. Leise, kaum zu verstehen, sagte sie: »Es gibt es also doch, das Weihnachtswunder.«

Dieser Satz brach Thiemo beinahe das Herz.

»Nein«, flüsterte er. »Es gibt kein Weihnachtswunder. Es gibt nur einen Dieb. Und der bin ich. Ich bin einfach nur jemand, der gestohlen hat und dem es nun unendlich leidtut.«

Er hielt seinen Blick gesenkt, wartete auf den empörten Aufschrei, doch wieder wartete er vergeblich. Es verging eine lange Zeit, dann sagte Oma Ilse leise: »Ach, mein Junge, mein armer Junge. Hast du nicht verstanden, dass du das Weihnachtswunder bist?«

Nun sah er doch auf. Ilse Lindemann nahm die Scheine, legte sie in die Schublade des Tischchens, das zwischen ihnen stand. Dann beugte sie sich zu Thiemo hinab und küsste ihn auf die Stirn.

»Du bist nicht böse?«, fragte Thiemo verwundert.

»Das brauche ich nicht. Du bist dir doch selbst böse. Und nun lass uns nicht mehr darüber sprechen.«

Sie setzte sich wieder, öffnete die Konfektschachtel und bot Thiemo das erste Stück an. Thiemo wagte ein schiefes Lächeln, griff rüber zu Oma Ilse und strich ihr sanft über die Hand. Er nahm sich eine Trüffelpraline und sagte leise: »Danke.«

9. Kapitel

Am frühen Morgen hörte Thiemo aus der Küche Weihnachtslieder schallen. »Uns ist heute der Heiland geboren.« Er wusste, es war die Haushälterin, die Ordnung schaffte und dabei Radio hörte, doch er fühlte sich tatsächlich so, als wäre sein Erlöser geboren. Er hatte Oma Ilse das Geld zurückgegeben. Und der Himmel war nicht eingestürzt. Er verstand noch immer nicht genau, warum sie nicht mit ihm gebrochen hatte. Ob sie wusste, dass er in einer vermeintlichen Not gehandelt hatte? Sie war so klug. Der Abend war wunderschön gewesen. Halina war gekommen. Sie hatten Weihnachtspunsch getrunken und Hering gegessen, den Halina zubereitet hatte, so wie es in ihrer polnischen Heimat Brauch war. Und unter jedem Teller hatte ein Geldstück gelegen, und Halina hatte lachend erklärt, dass es vor Armut im neuen Jahr schützen soll. »In Polen«, sagte Halina. »fastet man den ganzen Tag bis zum ersten

Stern am Himmel, dem Weihnachtsstern. Und so, wie der Tag verlaufen ist, wird das ganze kommende Jahr sein, heißt es. Ich hoffe, ihr hattet einen guten Tag. Was habt ihr erlebt?« Sie blickte Thiemo an, und Thiemo räusperte sich und wusste zuerst nicht, was er sagen sollte, doch dann schlüpften die Worte wie von selbst heraus. »Der Tag war sehr lang und hatte alles, was ein Tag braucht: Freude und Leid, Scham und Trost, Vergebung und Hoffnung.«

»Das musst du genau erzählen«, bat Halina.

Thiemo warf einen kurzen Blick zu Ilse, und Ilse lächelte und nickte ihm zu. Kurz schloss er die Augen. Er hatte nicht vorgehabt, Halina jemals von seinem Diebstahl zu erzählen. Aber heute war der Tag, der einen Ausblick auf das ganze nächste Jahr gab. Und er wollte, dass das nächste Jahr gut würde.

»Ich bin mit Freunden auf der Insel«, erklärte er, und Oma Ilse nickte, als hätte sie das die ganze Zeit gewusst.

»Freunde von der Uni. Das heißt, ich wollte gern deren Freund sein, wollte dazugehören, so sein wie sie. Cool. Weltgewandt. Aber ich habe begriffen, dass ich das nicht bin, nicht sein kann und nun auch nicht mehr sein möchte.« Er machte eine kleine Pause.

»Seit heute weißt du das?«, fragte Halina.

»Eigentlich weiß ich es schon lange. Wahrscheinlich sogar von Anfang an, aber heute habe ich es mir eingestanden. Diese Freunde sind schön und klug und großzügig. Aber ich bin anders. Ich möchte andere Dinge.«

»Bist du traurig deshalb?«, fragte Halina.

Thiemo hob die Schultern. »Ein bisschen traurig bin ich schon. Ich habe etwas verloren. Zumindest fühlt es sich so an. Aber ich bin auch froh. Froh darüber, dass ich mich wiedergefunden habe.« Er sah Halina an und hoffte, dass sie in seinem Blick las, was er sich noch nicht zu sagen wagte: Ich bin froh, dich gefunden zu haben.

»Und weiter?«

»Ich habe versucht, ein Unrecht wieder gutzumachen.« Er seufzte. »Und ich weiß nicht, ob es mir gelungen ist.«

Ilse Lindemann langte über den Tisch und streichelte kurz Thiemos Hand. »Kannst du es nicht spüren?«, fragte sie.

Zum ersten Mal, seit sie ihre Geschenke ausgetauscht hatten, blickte ihr Thiemo in die Augen. Er sah ihr Lächeln, sah die Zuneigung in ihrem Blick. »Doch«, sagte er, »ich kann es spüren, auch wenn ich es nicht verdient habe.«

Halina war so klug, nicht näher nachzufragen. Sie

goss Punsch in die Becher. »In Polen sagt man auch, dass man am Weihnachtstag nicht streiten soll, um das nächste Jahr in Frieden zu verbringen. Auf den Frieden. Innen und außen.«

Thiemo, Oma Ilse und Halina stießen an, und Thiemo fühlte sich glücklich.

Später holte Thiemo das Geschenk für Halina aus dem Briefkasten und überreichte ihr die Mütze, und Halina fiel ihm um den Hals und küsste ihn auf beide Wangen. »Die schönste Mütze, die ich je hatte«, sagte sie, und es klang im Gegensatz zu Majas Ausruf ehrlich. Sie überreichte Thiemo auch ein Geschenk.

Er wickelte ein schön gestaltetes Buch mit leeren Seiten aus. »Da kannst du deine Gedanken hineinschreiben«, erklärte Halina. »Das heißt, falls du nicht alles in ein Smartphone sprichst.«

Thiemo hielt das Buch in der Hand, und mit einem Mal wusste er, dass er sich so etwas schon lange gewünscht hatte. Ein Buch für seine Gedanken. Einen Platz für Zweifel, für Träume und Hoffnungen. Er beugte sich zu Halina und wollte sie ebenfalls auf die Wangen küssen, doch Halina umfasste sein Gesicht mit beiden Händen, so dass ihre Lippen sich trafen. Ein harter, ein bisschen ungeschickter Kuss, der alles enthielt, wovon Thiemo je geträumt hatte.

Ich bin verliebt, dachte er überrascht. Ich möchte nie mehr ohne Halina sein.

Dann stand Oma Ilse auf. »Meine Lieben, ihr habt mir in den letzten Tagen und du, Halina, seit Monaten sehr viel Freude gemacht. Dafür möchte ich mich heute bei euch herzlich bedanken.« Sie griff nach einer kleinen Schachtel, die auf der Kommode gestanden hatte, und überreichte sie Halina. Halina jubelte, als sie die goldenen Ohrringe auspackte. »Sie sind noch von meiner Mutter«, sagte Ilse. »Wie du weißt, habe ich keine Tochter. Deshalb sollst du sie tragen.« Dann wandte sie sich an Thiemo. »Für dich habe ich das hier.« Sie reichte ihm eine längliche schmale Schachtel, in der eine Uhr lag. »Es ist die Uhr deines Großvaters«, sagte sie leise. »Ich weiß schon, dass die heutigen Uhren ganz anders sind und nicht nur die Zeit anzeigen, sondern auch die Schritte messen und Nachrichten empfangen können. Du sollst die Uhr ja auch nicht tragen. Ich möchte einfach nur, dass du eine Erinnerung an deinen Großvater hast, den du nie kennenlernen konntest.«

Thiemo nahm die Uhr, betrachtete sie. Eine Erinnerung an seinen Großvater. Für ihn, der nicht einmal seinen Vater kannte. Er wusste nicht genau, wie lange er die offensichtliche Verwechslung aushalten konnte. Er musste Frau Lindemann sagen, dass er nicht ihr Enkel war. Aber nicht heute. Nicht an Weihnachten.

»Danke schön!«, sagte er leise, dann umarmte er die alte Dame.

»Morgen um dieselbe Zeit werden wir uns hoffentlich hier alle wiedertreffen.« Sie löste sich aus der Umarmung. »Jetzt, da ich euch beide gefunden habe«, sie nickte Thiemo und Halina zu, »möchte ich euch am liebsten gar nicht mehr gehen lassen.« Sie lächelte, dieses Mal ein wenig verlegen. »Oder glaubt ihr etwa, ich schaffe den ganzen Punsch allein?«

Also trafen sie eine Verabredung, dann waren sie zusammen in die Christmette gegangen. Thiemo hatte der Weihnachtsgeschichte gelauscht und hatte den Weihnachtsfrieden mit allen Fasern seines Körpers gespürt. Hand in Hand war er mit Halina durch das verschneite Westerland gegangen, Oma Ilse auf der anderen Seite eingehakt. Und einmal blieb Oma Ilse stehen, blickte Halina und Thiemo lange in die Augen und sagte den Satz, der Thiemo sein ganzes Leben lang begleitet hatte: »Wer liebt, ist wunschlos.«

Plötzlich dann war es ihm aufgegangen. Oma Ilse hatte den Satz gesagt, den magischen Satz. Wer liebt, ist wunschlos. Also war sie die alte Dame, die früher manchmal auf ihn aufgepasst hatte. Und jetzt verstand er auch, wieso sie meinte, ihn zu kennen.

Er umfasste ihre Schultern, zog sie ein wenig an sich und erklärte: »Diesen Satz aus meiner Kindheit habe ich nie vergessen. Er ist wie ein Stern, ein Leitstern.«

Als er nach Kampen zurückgekehrt war, lag das Haus still da. Er hatte Halina nach Hause gebracht, seine Lippen brannten noch von ihren Küssen.

Er hatte befürchtet, dass die anderen noch im Wohnzimmer zusammensaßen, doch zum Glück war niemand da. Auf dem Tisch standen zwei leere Rotweinflaschen und drei Gläser. Unter dem Weihnachtsbaum lagen die beiden Geschenke wie Strandgut, für das sich niemand interessierte. Thiemo war froh, Victoria nicht zu begegnen, aber auch ein wenig traurig, weil er gern noch mit Johannes geredet hätte. Vielleicht sogar über Victoria oder Annabelle. Vielleicht hätte er Johannes sogar etwas über das Treffen am 25. Dezember am Langen Christian mit dem Professor, der sich mit Strandabbau beschäftigte, erzählt. Er würde hingehen. Natürlich würde er das, auch wenn er nicht glaubte, dort jemanden zu treffen. Welcher Wissenschaftler traf sich schon am ersten Weihnachtsfeiertag mit einem Studenten, den er nicht kannte?

Thiemo sah auf die Uhr. Es war kurz vor zehn. Er hatte tief und völlig traumlos geschlafen. Er zog sich an und begab sich in das Esszimmer. Die Haushälterin hatte den Tisch gedeckt. Es duftete nach aufgebackenen Brötchen und Kaffee. Annabelle saß da und löffelte Erdbeermarmelade auf ihre Brötchenhälfte. »Ich fahre heute zurück«, erklärte sie, und Thiemo staunte, wie gut sie doch gelaunt war. »Marten und Maja fahren auch. Sie sagen, sie hätten noch eine Einladung nach Berlin.«

Thiemo nickte. »Und du? Warum fährst du?«

Annabelle biss krachend in ihr Brötchen. »Ich denke, ich bin hier überflüssig.«

»Wieso das denn?«

Annabelle zuckte mit den Schultern. »Der grüne Pullover«, sagte sie.

»Was ist damit?«

»Johannes hatte ihn doch gekauft. Genau wie ich gesagt hatte. Er war sich nicht sicher, ob er ihn wirklich Victoria schenken sollte. Er hätte darauf verzichtet, hat er gesagt, und ihn seiner Schwester zum Geburtstag geschenkt, wenn du bei Victoria geblieben oder ihr wenigstens nachgegangen wärst. Aber als du gestern aufgebrochen bist und Victoria allein gelassen hast, da war uns wohl allen klar, dass aus euch wirklich kein Paar mehr wird. Also hat Johannes den Pullover aus seinem Zimmer geholt und ist zu Victoria gegangen. Na ja, und ich habe Weihnachten allein vor dem Fernseher verbracht.« Sie klang nicht traurig oder gar empört, sondern so, als wäre das alles nicht mehr als eine launige Episode gewesen.

»Freust du dich auf zu Hause?«, fragte Thiemo.

»Ich wundere mich selbst, aber ja, das tue ich. Weißt du, hier habe ich gemerkt, dass Weihnachten einfach überall blöd läuft. Am besten wäre es, den Tag aus dem Kalender zu streichen. Vielleicht war Weihnachten früher einmal schön und bedeutsam, heute ist es einfach nur noch ein Fest der hohen Erwartungen und großen Enttäuschungen.«

Sie lächelte Thiemo an, und Thiemo lächelte zurück. Jetzt wusste er auch, dass Johannes wohl keine Zeit mehr für einen Strandspaziergang haben würde.

Er umarmte Annabelle. »Ich wünsche dir eine gute Heimreise und hoffe, du hast noch ein paar schöne Tage. Im Januar sehen wir uns alle dann in Bremen wieder«, sagte er.

Annabelle erwiderte seine Umarmung. »Vielleicht können wir dann ja mal was zusammen unternehmen«, schlug sie vor, und Thiemo nickte.

Dann zog er sich seinen wärmsten Pullover an, band sich einen dicken Schal um den Hals, setzte sogar seine Beanie auf und begab sich hinunter zum Kampener Strand. Der Schnee hatte sich an manchen Stellen mit dem Sand vermischt. Thiemo nutzte die Gelegenheit, um noch eine Probe zu nehmen. Die Sonne, versteckt hinter dicken Wolken, schickte nur einzelne Strahlen, die das Meer wie ein Silbertablett glänzen ließ. Er lief langsam, behielt den Langen Christian dabei immer im Blick. Als er näher kam, bemerkte er eine kleine Gruppe von Strandwanderern, die vor dem Leuchtturm eine kurze Rast zu machen schienen. Er ging langsamer und entdeckte ein paar Meter entfernt ein Paar. Sie hielten sich wohl an den Händen, und die Frau trug einen blau-grün-karierten Mantel. Genauso einen, wie ihn seine Mutter besaß.

Unwillkürlich ging er schneller. Was machte seine Mutter hier? Hatte sie tatsächlich an diese Verabredung gedacht und ihm nichts davon gesagt? War sie deshalb gar nicht besonders traurig gewesen, als er ihr gesagt hatte, er würde mit den Freunden auf Sylt feiern? Je näher er kam, umso deutlicher wurden der Mann und die Frau. Ja, es war seine Mutter. Er blieb stehen. Seine Füße wurden schwer wie Blei. Seine Mutter hatte einen Freund. Und um ihm den neuen

Mann schmackhaft zu machen, hatte sie ihm zuerst ein Buch von ihm geschenkt und dann dafür gesorgt, dass sich Thiemo für ein Treffen mit ihm interessierte. Geschickt eingefädelt!

Jetzt warf die Mutter den Kopf in den Nacken und lachte. Thiemo kannte dieses Lachen. So war sie nur, wenn sie nervös oder verlegen war.

Und auch er wurde mit einem Mal nervös. Was dachte sich dieser Wissenschaftler eigentlich? Dass er mit einem Buch zu ködern war? Er, Thiemo, brauchte nicht geködert zu werden. Seine Mutter war eine erwachsene Frau, die schon wusste, was sie tat. Warum diese Geheimniskrämerei? Hätte es nicht ausgereicht, dass er ihn bei einer Tasse Kaffee in der Hamburger Wohnung kennenlernte?

Er ging ein paar Schritte, dann blieb er wieder stehen. Er war nicht wütend und auch nicht verärgert. Nur verwundert. Für die letzten hundert Meter ließ er sich Zeit. Er beobachtete die beiden, die sich tatsächlich wie Teenager an den Händen hielten. Das Gesicht seiner Mutter war gerötet. Das Besondere aber an ihr war das offene Haar. Seine Mutter hatte wunderschöne Haare. Braun und lockig, so wie Halinas Haare. Aber seine Mutter hatte sie nie offen getragen, sondern immer in einem Pferdeschwanz oder hochgesteckt. Wegen der Arbeit, hatte sie immer gesagt. Jetzt fielen ihr die glänzenden braunen Locken bis auf die Schultern. Überhaupt sah sie heute gar nicht wie seine Mutter aus, und für einen Augenblick überlegte Thiemo, ob er sich getäuscht haben könnte. Die Frau, die den Mantel seiner Mutter trug, wirkte so jung. Und glücklich. Ja. Genau das war es. Sie strahlte Glück aus. Und Thiemo gönnte ihr dieses Glück von ganzem Herzen. Trotzdem kam er sich ein wenig vorgeführt vor. Mein Gott, er war doch nicht mehr dreizehn Jahre alt! Er war froh, dass sie jemanden hatte. Zumal sie sich seit seinem Studium ohnehin nicht oft gesehen hatten.

Nun hatte die Mutter ihn entdeckt. Sie winkte ihm und ließ dabei die Hand des Mannes los.

Dann standen sie voreinander. Thiemo umarmte seine Mutter, reichte dem Mann die Hand. »Ich bin Thiemo, der Sohn«, sagte er einfach und betrachtete den Fremden. Er war groß und schmal, dunkles Haar, das ein wenig zu lang war, und er hatte graue Augen. Genau wie Thiemo.

»Ich bin Stephan Deutschmann«, sagte er.

Thiemo war überrascht über den festen Händedruck. Dann standen sie voreinander, wussten nicht, was sie sagen sollten. Bis Thiemo schließlich das Schweigen brach: »Ich habe Ihr Buch gelesen. Es hat mir sehr gefallen. Seitdem wünsche ich mir, nach dem Studium hier auf Sylt zu arbeiten. So wie Sie auf Cape Cod gearbeitet haben.«

Der Mann nickte, betrachtete ihn, als hätte er noch nie einen jungen Mann in Thiemos Alter gesehen.

Täuschte sich Thiemo, oder glänzten die Augen des Mannes vor Tränen?

Er wandte sich an seine Mutter. »Was ist los?«, fragte er. Nun erst sah er, dass auch seine Mutter mit den Tränen kämpfte. Sie schaute nach oben, blinzelte, dann lachte sie, griff nach seiner Hand und sagte einfach: »Er ist dein Vater, Thiemo.«

Thiemo runzelte die Stirn, als überlege er, was diese Botschaft bedeuten soll. Dann schüttelte er den Kopf und stellte die Frage, die ihm als erste in den Sinn kam: »Warum jetzt? Warum stellst du ihn mir jetzt erst vor?«

Seine Mutter seufzte. »Er hat nicht gewusst, dass es dich gibt. Jedenfalls bis vor kurzem nicht.«

Thiemo hob die Hände. Er fühlte sich, als ob ihm jemand den Boden unter den Füßen wegzog. Er hatte keine Ahnung, was er sagen oder fragen wollte. Deshalb nickte er nur, fühlte in den Taschen nach einem leeren Reagenzglas und sagte: »Ich muss noch eine Bodenprobe nehmen.« Er drehte sich um und ging, ohne genau zu wissen, wie seine Füße es schafften, einen Schritt vor den anderen zu setzen. Er hatte mit allem gerechnet, aber nicht damit. Einen Vater zu Weihnachten! Wie gut, dass sie ihn nicht eingewickelt unter den Baum gelegt hatte.

»Thiemo! Komm zurück! Bitte!«, hörte er seine Mutter rufen, aber er konnte jetzt nicht zurück. Er war vollkommen durcheinander, hatte keine Ahnung, was er denken oder fühlen sollte. Er bückte sich, nahm eine Handvoll Sand und ließ ihn durch die Finger rieseln.

Plötzlich hörte er neben sich eine Stimme: »Du musst daran riechen. Sand verrät sehr viel, wenn man an ihm riecht.«

Der fremde Mann, sein Vater, hockte sich neben ihn. Er nahm eine Hand Sand auf und presste sie an seine Nase, sog tief die Luft ein. Thiemo tat es ihm gleich.

»Was riechst du?«, wollte der Vater wissen.

»Ich rieche Salz und Nässe.«

»Und weiter?«

Wieder schnupperte Thiemo am Sand. »Kalk vielleicht. Und ein wenig Fisch.«

»Gut. Jeder Strandsand riecht anders. Und der Sand auf Sylt hat einen ganz einzigartigen Geruch. Wenn du den Kalk riechst, dann weißt du schon, dass Nässe den Sand kompakter macht. Bei deinen

Proben musst du den Sand sowohl im nassen als auch im trockenen Zustand analysieren. So jedenfalls habe ich es in Amerika gemacht.«

Thiemo schluckte. »Amerika«, wiederholte er.

»Ja. Amerika. Ich bin vor über fünfundzwanzig Jahren, direkt nach meinem Studium, nach Amerika gegangen. Ich hatte dort einen Forschungsauftrag. Außerdem lebte mein Vater dort, den ich jahrelang nicht gesehen hatte. Ich wusste nicht, dass deine Mutter schwanger mit dir ist. Sie hat es mir nicht gesagt. Ich wäre sonst geblieben. Dann habe ich nichts mehr von ihr gehört. All die Jahre nicht. Sie hat auf meine Briefe einfach nicht geantwortet.«

»Warum hat sie nichts gesagt?«, unterbrach Thiemo.

Der Mann zuckte mit den Schultern. »Sie wusste wohl, wie wichtig mir dieser Forschungsauftrag war. Und sie wusste wohl auch, dass ich sie nicht alleingelassen hätte. Deine Mutter war schon immer sehr gut darin, die Träume der anderen zu respektieren. Wahrscheinlich haben wir beide gedacht, dass ich nach drei Jahren zurückkomme. Aber das Leben richtet sich nicht immer nach den eigenen Wünschen. Ich habe eine Juniorprofessur angeboten bekommen. Ich schrieb deiner Mutter einen letzten Brief. Darin fragte ich sie, ob sie zu mir nach Amerika kommen und mit mir leben wolle. Aber ich habe nie eine Antwort bekommen. Heute denke ich, dass ihr Brief in der Universitätspost verloren gegangen ist, aber damals dachte ich, sie hätte mich vergessen. Also blieb ich, und zwei Jahre danach heiratete ich. Meine Frau ist vor drei Jahren gestorben. Wir hatten keine Kinder, und so gab es nichts, was mich noch in Amerika hielt. Ich hatte Sehnsucht. Sehnsucht nach Deutschland, nach der Insel, aber auch nach meiner Mutter, nach der Heimat. Deine Mutter entdeckte vor einem Jahr ein Buch von mir in einem Schaufenster. Sie wandte sich an den Verlag, und seither sind wir in Kontakt. Und wir haben uns wieder ineinander verliebt. Genauso heftig wie damals.« Er lachte leise und sah sich nach Thiemos Mutter um, die noch immer neben dem Leuchtturm stand und zaghaft winkte.

Thiemo war plötzlich ganz ruhig. Er wusste, wie schnell man sich verlieben konnte. Seit er Halina kennengelernt hat, wusste er das. Und er wusste jetzt auch, wie sich die Liebe anfühlte. »Dann seid ihr wunschlos?«

»Fast«, erwiderte sein Vater. »Ich wünsche mir noch, dass wir beide uns besser kennenlernen. Und am liebsten würde ich all das mit dir nachholen, was ich in den vergangenen Jahren versäumt habe.«

»Und warum weiht ihr mich erst heute ein?«, fragte Thiemo. Er kannte seine Mutter, und er wusste, dass sie damals sicher zu stolz war, um ihm von der Schwangerschaft zu erzählen. Sie muss ihn sehr geliebt haben, dachte er, sonst hätte sie ihn nicht gehen lassen. Und in seinem Herzen regte sich Stolz und Zärtlichkeit für seine Mutter.

»Wir brauchten Zeit miteinander und füreinander. Wir wollten erst ganz sicher sein, ehe wir die Familie einweihen. Wir werden zurück auf die Insel ziehen.« Der Vater erhob sich, klopfte sich den Sand von der Hose und sah auf die Uhr. »Es wird Zeit, zu gehen«, sagte er. »Und Zeit, den Rest deiner Familie kennenzulernen. Du hast eine Großmutter hier. Wir treffen sie gleich in Kampen in einem Restaurant.« Er lachte wieder leise: »Und wenn mich nicht alles täuscht, so hat sie vielleicht schon einen großen Topf Weihnachtspunsch für uns alle gebraut.«

Da lächelte Thiemo, lächelte ein verschämtes, aber doch glückliches Lächeln: »Sie hat«, sagte er. »Und es ist noch jede Menge übrig.«

LESEPROBE

KRISTIN HANNAH
Die
Nachtigall
Zwei Schwestern. Die eine kämpft für die Freiheit.
Die andere für die Liebe.
ROMAN

EINS
9. April 1995
An der Küste von Oregon

Wenn ich in meinem langen Leben eines gelernt habe, dann ist es Folgendes: In der Liebe finden wir heraus, wer wir sein wollen; im Krieg finden wir heraus, wer wir sind. Heutzutage wollen die jungen Leute alles über jeden wissen. Sie denken, über ein Problem zu reden wäre schon die Lösung. Ich stamme aus einer schweigsameren Generation. Wir haben verstanden, welchen Wert das Vergessen hat, wie verlockend es ist, sich neu zu erfinden.

In letzter Zeit allerdings ertappe ich mich dabei, wie ich an den Krieg denke und an meine Vergangenheit, an die Menschen, die ich verloren habe.

Verloren.

Das klingt, als hätte ich meine Liebsten irgendwo verlegt; sie vielleicht an einem Ort zurückgelassen, an den sie nicht gehören, und mich dann abgewendet, zu verwirrt, um wieder zu ihnen zurückzufinden.

Aber sie sind nicht verloren. Und auch nicht an einem besseren Ort. Sie sind tot. Heute, wo ich das Ende meines Lebens vor mir sehe, weiß ich, dass sich Trauer ebenso wie Reue tief in uns verankert und für immer ein Teil von uns bleibt.

Ich bin in den Monaten seit dem Tod meines Mannes und meiner Diagnose sehr gealtert. Meine Haut erinnert an knittriges Wachspapier, das jemand zum Wiedergebrauch glattstreichen wollte. Meine Augen lassen mich häufig im Stich – bei Dunkelheit, im Licht von Autoscheinwerfern oder wenn es regnet. Diese neue Unzuverlässigkeit meiner Sehkraft ist nervtötend. Vielleicht schaue ich deshalb in die Vergangenheit zurück. Die Vergangenheit besitzt eine Klarheit, die ich in der Gegenwart nicht mehr erkennen kann.

Ich stelle mir gern vor, dass ich Frieden finde, wenn ich gestorben bin, dass ich all die Menschen wiedersehe, die ich geliebt und verloren habe. Dass mir zumindest verziehen wird.

Aber ich weiß es besser.

Mein Haus, das von dem Holzbaron, der es vor mehr als hundert Jahren erbaute, *The Peaks* getauft wurde, steht zum Verkauf, und ich bereite meinen Umzug vor, wie mein Sohn es für richtig hält.

Er versucht, sich um mich zu kümmern, mir zu zeigen, wie sehr er mich liebt in dieser schweren Zeit, und deshalb lasse ich mir seine übertriebene Fürsorge gefallen. Was kümmert es mich, wo ich sterbe? Denn darum geht es im Grunde. Es spielt keine Rolle mehr, wo ich wohne. Ich packe das Strandleben von Oregon, zu dem ich mich vor beinahe fünfzig Jahren hier niedergelassen habe, in Kartons. Es gibt nicht viel, was ich mitnehmen will. Doch eine Sache unbedingt.

Ich greife nach dem von der Decke hängenden Griff, mit dem die Speichertreppe heruntergezogen wird. Die Stufen falten sich von der Decke wie der Arm eines Gentlemans, der die Hand ausstreckt.

Die leichte Treppe schwankt unter meinen Füßen, als ich in den Speicher hinaufsteige, in dem es nach Staub und Schimmel riecht. Über mir hängt eine einsame Glühbirne. Ich ziehe an der Schnur.

Es sieht aus wie im Frachtraum eines alten Dampfers. Die Wände sind mit breiten Holzplanken verkleidet. Spinnweben schimmern silbrig in den Winkeln und hängen in Strähnen von den Fugen zwischen den Planken herunter. Das Dach ist so steil, dass ich nur in der Mitte des Raums aufrecht stehen kann.

Ich sehe den Schaukelstuhl, in dem ich saß, als meine Enkel klein waren, dann ein altes Kinderbettchen und ein zerschlissenes Schaukelpferd auf rostigen Federn und den Stuhl, den meine Tochter gerade neu lackierte, als sie von ihrer Krankheit erfuhr. An der Wand stehen mit *Weihnachten*, *Thanksgiving*, *Ostern*, *Halloween*, *Geschirr* oder *Sportsachen* beschriftete Kartons. Darin sind Dinge, die ich nicht mehr oft benutze, von denen ich mich aber dennoch nicht trennen kann. Mir einzugestehen, dass ich zu Weihnachten keinen Baum schmücken werde, ist für mich wie aufzugeben, und im Loslassen war ich noch nie gut. Hinten in der Ecke steht, was ich suche: ein alter, mit Aufklebern gespickter Überseekoffer.

Mit einiger Anstrengung zerre ich den schweren Koffer in die Mitte des Speichers, direkt unter die Glühbirne. Ich hocke mich daneben, habe jedoch prompt solche Schmerzen in den Knien, dass ich mich auf den Hintern gleiten lasse.

Zum ersten Mal seit dreißig Jahren hebe ich den Deckel des Koffers. Der obere Einsatz ist voller Andenken an die Zeit, in der meine Kinder klein waren. Winzige Schuhe, Handabdrücke auf Tonscheiben, Buntstiftzeichnungen, die von Strichmännchen und lächelnden Sonnen bevölkert werden, Schulzeugnisse, Fotos von Tanzvorführungen.

Ich hebe den Einsatz aus dem Koffer und stelle ihn neben mir ab.

Die Erinnerungsstücke auf dem Boden des Koffers liegen wild durcheinander: mehrere abgegriffene ledergebundene Tagebücher; ein Stapel alter Postkarten, der mit einem blauen Satinband zusammengebunden ist; ein Karton mit einer eingedrückten Ecke; eine Reihe schmaler Gedichtbändchen von Julien Rossignol und ein Schuhkarton mit Hunderten Schwarzweißfotos.

Ganz oben liegt ein vergilbtes Stück Papier.

Meine Finger zittern, als ich es in die Hand nehme. Es ist eine *carte d'identité*, ein Ausweis aus dem Krieg. Das Bild im Passfotoformat. Eine junge Frau. *Juliette Gervaise.*

»Mom?«

Ich höre meinen Sohn auf der knarrenden Holztreppe, Schritte, die mit meinem Herzschlag übereinstimmen. Hat er schon vorher nach mir gerufen?

»Mom? Du solltest nicht hier oben sein. Mist. Die Stufen sind wacklig.« Er kommt zu mir. »Ein Sturz und …«

Ich berühre sein Hosenbein, schüttle langsam den Kopf. Ich kann den Blick nicht heben. »Nicht«, ist alles, was ich sagen kann.

Er geht in die Hocke, setzt sich zu mir. Ich rieche sein Aftershave, dezent und würzig, und auch eine Spur Rauch. Er hat heimlich draußen eine Zigarette geraucht, eine Gewohnheit, die er vor Jahrzehnten aufgegeben und nach meiner Diagnose vor kurzem wieder angenommen hat. Es besteht kein Grund, meine Missbilligung zu äußern. Er ist Arzt. Er weiß es selbst.

Instinktiv will ich den Ausweis in den Koffer zurückwerfen und den Deckel zuklappen, ihn wieder verstecken. Wie ich es mein Leben lang getan habe.

Doch jetzt sterbe ich. Vielleicht nicht schnell, aber auch nicht gerade langsam, und ich sehe mich gezwungen, auf mein Leben zurückzuschauen.

»Mom, du weinst ja.«

»Wirklich?«

Ich will ihm die Wahrheit sagen, aber ich kann es nicht. Es macht mich verlegen, und es beschämt mich, dieses Versagen. In meinem Alter sollte ich mich vor nichts mehr fürchten – und ganz bestimmt nicht vor meiner eigenen Vergangenheit.

Ich sage nur: »Ich will diesen Koffer mitnehmen.«

»Der ist zu groß. Ich packe die Sachen, die du haben willst, in eine kleinere Schachtel.«

Ich lächle bei seinem Versuch, mich zu kontrollieren. »Ich liebe dich, und ich bin wieder krank. Aus diesen Gründen habe ich mich von dir bevormunden lassen, aber noch bin ich nicht tot. Ich will diesen Koffer mitnehmen.«

Das sind doch nur unsere Zeichnungen und solches Zeug.«

Wenn ich ihm die Wahrheit längst erzählt oder wenigstens mehr getanzt, getrunken und gesungen hätte, wäre er vielleicht imstande gewesen, *mich* zu sehen statt einer verlässlichen, normalen Mutter. Er liebt eine Version von mir, die nicht vollständig ist. Ich dachte immer, das wäre es, was ich wollte: geliebt und bewundert zu werden. Doch jetzt denke ich, dass ich in Wahrheit richtig gekannt werden will.

»Betrachte es als meinen letzten Willen.«

Ich sehe ihm an, dass er sagen will, ich solle nicht so reden, aber er befürchtet, seine Stimme könnte schwanken. Er räuspert sich. »Du hast es schon zweimal geschafft. Du schaffst es wieder.«

Wir wissen beide, dass das nicht stimmt. Ich bin zittrig und schwach. Ohne medizinische Hilfe kann ich weder essen noch schlafen. »Natürlich schaffe ich es.«

»Ich will doch nur, dass du gut aufgehoben bist.«

Ich lächle. Amerikaner können dermaßen naiv sein.

Früher habe ich seinen Optimismus geteilt. Ich habe gedacht, die Welt sei ein sicherer Ort. Aber das ist schon sehr lange her.

»Wer ist Juliette Gervaise?«, fragt Julien, und es versetzt mir einen kleinen Schock, ihn diesen Namen aussprechen zu hören.

Ich schließe die Augen, und in der Dunkelheit, die nach Schimmel und längst vergangenem Leben riecht, schweifen meine Gedanken zurück in einem weiten Bogen, der über Jahre und Kontinente hinwegreicht. Gegen meinen Willen – oder vielleicht ihm zufolge, wer kann das wissen? – erinnere ich mich.